I0562666

ŒUVRES COMPLÈTES
DE
GUY DE MAUPASSANT

LA
MAISON TELLIER

MA FEMME

LES CONSEILS D'UNE GRAND'MÈRE

PARIS
LOUIS CONARD, LIBRAIRE-ÉDITEUR
17, BOULEVARD DE LA MADELEINE, 17

MDCCCCVIII

ŒUVRES COMPLÈTES

DE

GUY DE MAUPASSANT

LA PRÉSENTE ÉDITION

DES

ŒUVRES COMPLÈTES DE GUY DE MAUPASSANT

A ÉTÉ TIRÉE

PAR L'IMPRIMERIE NATIONALE

EN VERTU D'UNE AUTORISATION

DE M. LE GARDE DES SCEAUX

EN DATE DU 30 JANVIER 1902.

———

IL A ÉTÉ TIRÉ À PART

100 EXEMPLAIRES SUR PAPIER DE LUXE

SAVOIR :

60 exemplaires (1 à 60) sur japon ancien.
20 exemplaires (61 à 80) sur japon impérial.
20 exemplaires (81 à 100) sur chine.

———

Le texte de ce volume
est conforme à celui de l'édition originale : La Maison Tellier
Paris, Victor Havard, 1881
avec addition de : Les Tombales (*Ollendorff, 1891*)
Ma Femme, Les Conseils d'une grand'mère (*inédits*).

(*L'ordre des nouvelles seul a été modifié.*)

ŒUVRES COMPLÈTES
DE
GUY DE MAUPASSANT

LA

MAISON TELLIER

MA FEMME

LES CONSEILS D'UNE GRAND'MÈRE

PARIS

LOUIS CONARD, LIBRAIRE-ÉDITEUR

17, BOULEVARD DE LA MADELEINE, 17

MDCCCCVIII

À

IVAN TOURGUENEFF

*Hommage d'une affection profonde
et d'une grande admiration*

G<small>UY DE</small> M<small>AUPASSANT</small>

LA MAISON TELLIER.

I

On allait là, chaque soir, vers onze heures, comme au café, simplement. Ils s'y retrouvaient à six ou huit, toujours les mêmes, non pas des noceurs, mais des hommes honorables, des commerçants, des jeunes gens de la ville; et l'on prenait sa chartreuse en lutinant quelque peu les filles, ou bien on causait sérieusement avec *Madame*, que tout le monde respectait.

Puis on rentrait se coucher avant minuit. Les jeunes gens quelquefois restaient.

La maison était familiale, toute petite, peinte en jaune, à l'encoignure d'une rue derrière l'église Saint-Étienne; et, par les fenêtres, on apercevait le bassin plein de na-

vires qu'on déchargeait, le grand marais sa-
lant appelé «la Retenue» et, derrière, la côte
de la Vierge avec sa vieille chapelle toute
grise.

Madame, issue d'une bonne famille de
paysans du département de l'Eure, avait ac-
cepté cette profession absolument comme
elle serait devenue modiste ou lingère. Le
préjugé du déshonneur attaché à la prosti-
tution, si violent et si vivace dans les villes,
n'existe pas dans la campagne normande. Le
paysan dit : — «C'est un bon métier»; —
et il envoie son enfant tenir un harem de
filles comme il l'enverrait diriger un pen-
sionnat de demoiselles.

Cette maison, du reste, était venue par
héritage d'un vieil oncle qui la possédait.
Monsieur et *Madame,* autrefois aubergistes
près d'Yvetot, avaient immédiatement liquidé,
jugeant l'affaire de Fécamp plus avantageuse
pour eux; et ils étaient arrivés un beau matin prendre la direction de l'entreprise qui
périclitait en l'absence des patrons.

C'étaient de braves gens qui se firent aimer tout de suite de leur personnel et des
voisins.

Monsieur mourut d'un coup de sang deux
ans plus tard. Sa nouvelle profession l'entre-
tenant dans la mollesse et l'immobilité, il

était devenu très gros, et la santé l'avait étouffé.

Madame, depuis son veuvage, était vainement désirée par tous les habitués de l'établissement; mais on la disait absolument sage, et ses pensionnaires elles-mêmes n'étaient parvenues à rien découvrir.

Elle était grande, charnue, avenante. Son teint, pâli dans l'obscurité de ce logis toujours clos, luisait comme sous un vernis gras. Une mince garniture de cheveux follets, faux et frisés, entourait son front, et lui donnait un aspect juvénile qui jurait avec la maturité de ses formes. Invariablement gaie et la figure ouverte, elle plaisantait volontiers, avec une nuance de retenue que ses occupations nouvelles n'avaient pas encore pu lui faire perdre. Les gros mots la choquaient toujours un peu; et quand un garçon mal élevé appelait de son nom propre l'établissement qu'elle dirigeait, elle se fâchait, révoltée. Enfin elle avait l'âme délicate, et bien que traitant ses femmes en amies, elle répétait volontiers qu'elles «n'étaient point du même panier».

Parfois, durant la semaine, elle partait en voiture de louage avec une fraction de sa troupe; et l'on allait folâtrer sur l'herbe au bord de la petite rivière qui coule dans les fonds de Valmont. C'étaient alors des parties de pensionnaires échappées, des courses folles, des jeux enfantins, toute une joie de recluses grisées par le grand air. On mangeait de la charcuterie sur le gazon en buvant du cidre, et l'on rentrait à la nuit tombante avec une fatigue délicieuse, un attendrissement doux; et dans la voiture on embrassait Madame comme une mère très bonne, pleine de mansuétude et de complaisance.

La maison avait deux entrées. A l'encoignure, une sorte de café borgne s'ouvrait, le soir, aux gens du peuple et aux matelots. Deux des personnes chargées du commerce spécial du lieu étaient particulièrement destinées aux besoins de cette partie de la clientèle. Elles servaient, avec l'aide du garçon, nommé Frédéric, un petit blond imberbe et fort comme un bœuf, les chopines de vin et les canettes sur les tables de marbre branlantes, et, les bras jetés au cou des buveurs, assises en travers de leurs jambes, elles poussaient à la consommation.

Les trois autres dames (elles n'étaient que cinq) formaient une sorte d'aristocratie, et demeuraient réservées à la compagnie du premier, à moins pourtant qu'on n'eût besoin d'elles en bas et que le premier fût vide.

Le salon de Jupiter, où se réunissaient les bourgeois de l'endroit, était tapissé de papier

bleu et agrémenté d'un grand dessin représentant Léda étendue sous un cygne. On
parvenait dans ce lieu au moyen d'un escalier tournant terminé par une porte étroite,
humble d'apparence, donnant sur la rue, et au-
dessus de laquelle brillait toute la nuit, derrière un treillage, une petite lanterne comme
celles qu'on allume encore en certaines villes
aux pieds des madones encastrées dans les
murs.

Le bâtiment, humide et vieux, sentait légèrement le moisi. Par moments, un souffle
d'eau de Cologne passait dans les couloirs,
ou bien une porte entr'ouverte en bas faisait
éclater dans toute la demeure, comme une
explosion de tonnerre, les cris populaciers
des hommes attablés au rez-de-chaussée, et
mettait sur la figure des messieurs du premier
une moue inquiète et dégoûtée.

Madame, familière avec les clients ses
amis, ne quittait point le salon, et s'intéressait
aux rumeurs de la ville qui lui parvenaient
par eux. Sa conversation grave faisait diversion aux propos sans suite des trois femmes;
elle était comme un repos dans le badinage
polisson des particuliers ventrus qui se livraient chaque soir à cette débauche honnête
et médiocre de boire un verre de liqueur en
compagnie de filles publiques.

Les trois dames du premier s'appelaient Fernande, Raphaële et Rosa la Rosse.

Le personnel étant restreint, on avait tâché que chacune d'elles fût comme un échantillon, un résumé du type féminin, afin que tout consommateur pût trouver là, à peu près du moins, la réalisation de son idéal.

Fernande représentait la *belle blonde*, très grande, presque obèse, molle, fille des champs dont les taches de rousseur se refusaient à disparaître, et dont la chevelure filasse, écourtée, claire et sans couleur, pareille à du chanvre peigné, lui couvrait insuffisamment le crâne.

Raphaële, une Marseillaise, roulure des ports de mer, jouait le rôle indispensable de la *belle Juive*, maigre, avec des pommettes saillantes plâtrées de rouge. Ses cheveux noirs, lustrés à la moelle de bœuf, formaient des crochets sur ses tempes. Ses yeux eussent paru beaux si le droit n'avait été marqué d'une taie. Son nez arqué tombait sur une mâchoire accentuée où deux dents neuves, en haut, faisaient tache à côté de celles du bas qui avaient pris en vieillissant une teinte foncée comme les bois anciens.

Rosa la Rosse, une petite boule de chair tout en ventre avec des jambes minuscules, chantait du matin au soir, d'une voix éraillée, des couplets alternativement grivois ou sen-

timentaux, racontait des histoires intermi-
nables et insignifiantes, ne cessait de parler
que pour manger et de manger que pour
parler, remuait toujours, souple comme un
écureuil malgré sa graisse et l'exiguïté de ses
pattes; et son rire, une cascade de cris aigus,
éclatait sans cesse, de-ci, de-là, dans une
chambre, au grenier, dans le café, partout,
à propos de rien.

Les deux femmes du rez-de-chaussée,
Louise, surnommée Cocote, et Flora, dite
Balançoire parce qu'elle boitait un peu, l'une
toujours en *Liberté* avec une ceinture tricolore,
l'autre en Espagnole de fantaisie avec des
sequins de cuivre qui dansaient dans ses cheveux carotte à chacun de ses pas inégaux,
avaient l'air de filles de cuisine habillées pour
un carnaval. Pareilles à toutes les femmes du
peuple, ni plus laides, ni plus belles, vraies
servantes d'auberge, on les désignait dans le
port sous le sobriquet des deux Pompes.

Une paix jalouse, mais rarement troublée,
régnait entre ces cinq femmes, grâce à la sagesse conciliante de Madame et à son intaris-
sable bonne humeur.

L'établissement, unique dans la petite ville,
était assidûment fréquenté. Madame avait su
lui donner une tenue si comme il faut; elle
se montrait si aimable, si prévenante envers

tout le monde; son bon cœur était si connu,
qu'une sorte de considération l'entourait. Les
habitués faisaient des frais pour elle, triom-
phaient quand elle leur témoignait une ami-
tié plus marquée; et lorsqu'ils se rencontraient
dans le jour pour leurs affaires, ils se disaient :
«A ce soir, où vous savez», comme on se
dit : «Au café, n'est-ce pas? après dîner.»

Enfin la maison Tellier était une ressource,
et rarement quelqu'un manquait au rendez-
vous quotidien.

Or, un soir, vers la fin du mois de mai, le
premier arrivé, M. Poulin, marchand de bois
et ancien maire, trouva la porte close. La petite lanterne, derrière son treillage, ne brillait
point; aucun bruit ne sortait du logis, qui
semblait mort. Il frappa, doucement d'abord,
avec plus de force ensuite; personne ne répondit. Alors il remonta la rue à petits pas,
et, comme il arrivait sur la place du Marché,
il rencontra M. Duvert, l'armateur, qui se
rendait au même endroit. Ils y retournèrent
ensemble sans plus de succès. Mais un grand
bruit éclata soudain tout près d'eux, et, ayant
tourné la maison, ils aperçurent un rassem-
blement de matelots anglais et français qui
heurtaient à coups de poing les volets fermés
du café.

Les deux bourgeois aussitôt s'enfuirent

pour n'être pas compromis; mais un léger
«pss't» les arrêta : c'était M. Tournevau, le
saleur de poisson, qui, les ayant reconnus,
les hélait. Ils lui dirent la chose, dont il fut
d'autant plus affecté que lui, marié, père de
famille et fort surveillé, ne venait là que le
samedi, «*securitatis causa*», disait-il, faisant allusion à une mesure de police sanitaire dont
le docteur Borde, son ami, lui avait révélé
les périodiques retours. C'était justement son
soir et il allait se trouver ainsi privé pour
toute la semaine.

Les trois hommes firent un grand crochet
jusqu'au quai, trouvèrent en route le jeune
M. Philippe, fils du banquier, un habitué,
et M. Pimpesse, le percepteur. Tous ensemble
revinrent alors par la rue «aux Juifs» pour
essayer une dernière tentative. Mais les matelots exaspérés faisaient le siège de la maison,
jetaient des pierres, hurlaient; et les cinq
clients du premier étage, rebroussant chemin
le plus vite possible, se mirent à errer par
les rues.

Ils rencontrèrent encore M. Dupuis, l'agent
d'assurances, puis M. Vasse, le juge au tribunal
de commerce; et une longue promenade
commença qui les conduisit à la jetée d'abord.
Ils s'assirent en ligne sur le parapet de granit
et regardèrent moutonner les flots. L'écume,

sur la crête des vagues, faisait dans l'ombre
des blancheurs lumineuses, éteintes presque
aussitôt qu'apparues, et le bruit monotone de
la mer brisant contre les rochers se prolon-
geait dans la nuit tout le long de la falaise.
Lorsque les tristes promeneurs furent restés
là quelque temps, M. Tournevau déclara :
— «Ça n'est pas gai.» — «Non certes», reprit M. Pimpesse; et ils repartirent à petits pas.

Après avoir longé la rue que domine la
côte et qu'on appelle : «Sous-le-bois», ils revinrent par le pont de planches sur la Retenue, passèrent près du chemin de fer et dé-
bouchèrent de nouveau place du Marché, où
une querelle commença tout à coup entre le
percepteur, M. Pimpesse, et le saleur, M. Tournevau, à propos d'un champignon comes-
tible que l'un d'eux affirmait avoir trouvé dans
les environs.

Les esprits étant aigris par l'ennui, on en
serait peut-être venu aux voies de fait si les
autres ne s'étaient interposés. M. Pimpesse,
furieux, se retira; et aussitôt une nouvelle al-
tercation s'éleva entre l'ancien maire, M. Poulin, et l'agent d'assurances, M. Dupuis, au
sujet des appointements du percepteur et des
bénéfices qu'il pouvait se créer. Les propos
injurieux pleuvaient des deux côtés, quand
une tempête de cris formidables se déchaîna,

et la troupe des matelots, fatigués d'attendre
en vain devant une maison fermée, déboucha
sur la place. Ils se tenaient par le bras, deux
par deux, formant une longue procession, et
ils vociféraient furieusement. Le groupe des
bourgeois se dissimula sous une porte, et la
horde hurlante disparut dans la direction de
l'abbaye. Longtemps encore on entendit la
clameur qui diminuait comme un orage qui
s'éloigne; et le silence se rétablit.

M. Poulin et M. Dupuis, enragés l'un
contre l'autre, partirent, chacun de son côté,
sans se saluer.

Les quatre autres se remirent en marche,
et redescendirent instinctivement vers l'établissement Tellier. Il était toujours clos, muet,
impénétrable. Un ivrogne, tranquille et obstiné, tapait des petits coups dans la devan-
ture du café, puis s'arrêtait pour appeler à mi-
voix le garçon Frédéric. Voyant qu'on ne lui
répondait point, il prit le parti de s'asseoir
sur la marche de la porte, et d'attendre les
événements.

Les bourgeois allaient se retirer quand la
bande tumultueuse des hommes du port reparut au bout de la rue. Les matelots français
braillaient la *Marseillaise,* les anglais le *Rule
Britannia.* Il y eut un ruement général contre
les murs, puis le flot de brutes reprit son

cours vers le quai, où une bataille éclata entre
les marins des deux nations. Dans la rixe, un
Anglais eut le bras cassé, et un Français le
nez fendu.

L'ivrogne, qui était resté devant la porte,
pleurait maintenant comme pleurent les pochards ou les enfants contrariés.

Les bourgeois, enfin, se dispersèrent.

Peu à peu le calme revint sur la cité troublée. De place en place, encore par instants,
un bruit de voix s'élevait, puis s'éteignait dans
le lointain.

Seul, un homme errait toujours, M. Tournevau, le saleur, désolé d'attendre au prochain
samedi; et il espérait on ne sait quel hasard,
ne comprenant pas, s'exaspérant que la police
laissât fermer ainsi un établissement d'utilité
publique qu'elle surveille et tient sous sa garde.

Il y retourna, flairant les murs, cherchant
la raison; et il s'aperçut que sur l'auvent une
pancarte était collée. Il alluma bien vite
une allumette-bougie, et lut ces mots tracés
d'une grande écriture inégale : « *Fermé pour
cause de première communion.* »

Alors il s'éloigna, comprenant bien que
c'était fini.

L'ivrogne maintenant dormait, étendu tout
de son long en travers de la porte inhospi-
talière.

Et le lendemain, tous les habitués, l'un après l'autre, trouvèrent moyen de passer dans la rue avec des papiers sous le bras pour se donner une contenance; et, d'un coup d'œil furtif, chacun lisait l'avertissement mysté-rieux : «*Fermé pour cause de première commu-nion.*»

II

C'est que Madame avait un frère établi menuisier en leur pays natal, Virville, dans l'Eure. Du temps que Madame était encore aubergiste à Yvetot, elle avait. tenu sur les fonts baptismaux la fille de ce frère qu'elle nomma Constance, Constance Rivet; étant elle-même une Rivet par son père. Le menuisier, qui savait sa sœur en bonne position, ne la perdait pas de vue, bien qu'ils ne se rencontrassent pas souvent, retenus tous les deux par leurs occupations et habitant du reste loin l'un de l'autre. Mais comme la fillette allait avoir douze ans, et faisait, cette année-là, sa première communion, il saisit cette occasion d'un rapprochement, et il écrivit à sa sœur qu'il comptait sur elle pour la cérémonie. Les vieux parents étaient morts, elle ne pouvait refuser à sa filleule; elle accepta. Son frère, qui s'appelait Joseph, espé-

rait qu'à force de prévenances il arriverait
peut-être à obtenir qu'on fît un testament
en faveur de la petite, Madame étant sans
enfants.

La profession de sa sœur ne gênait nullement ses scrupules, et, du reste, personne
dans le pays ne savait rien. On disait seulement en parlant d'elle : « Madame Tellier est
une bourgeoise de Fécamp », ce qui laissait
supposer qu'elle pouvait vivre de ses rentes.
De Fécamp à Virville on comptait au moins
vingt lieues; et vingt lieues de terre pour des
paysans sont plus difficiles à franchir que
l'Océan pour un civilisé. Les gens de Virville
n'avaient jamais dépassé Rouen; rien n'attirait ceux de Fécamp dans un petit village de
cinq cents feux, perdu au milieu des plaines
et faisant partie d'un autre département. Enfin on ne savait rien.

Mais, l'époque de la communion approchant, Madame éprouva un grand embarras.
Elle n'avait point de sous-maîtresse, et ne se
souciait nullement de laisser sa maison, même
pendant un jour. Toutes les rivalités entre les
dames d'en haut et celles d'en bas éclateraient
infailliblement; puis Frédéric se griserait sans
doute, et quand il était gris, il assommait
les gens pour un oui ou pour un non. Enfin
elle se décida à emmener tout son monde,

sauf le garçon à qui elle donna sa liberté jusqu'au surlendemain.

Le frère consulté ne fit aucune opposition,
et se chargea de loger la compagnie entière
pour une nuit. Donc, le samedi matin, le
train express de huit heures emportait Madame et ses compagnes dans un wagon de
seconde classe.

Jusqu'à Beuzeville elles furent seules et ja-
cassèrent comme des pies. Mais à cette gare
un couple monta. L'homme, vieux paysan
vêtu d'une blouse bleue, avec un col plissé,
des manches larges serrées aux poignets et
ornées d'une petite broderie blanche, couvert
d'un antique chapeau de forme haute dont
le poil roussi semblait hérissé, tenait d'une
main un immense parapluie vert, et de l'autre
un vaste panier qui laissait passer les têtes
effarées de trois canards. La femme, raide en
sa toilette rustique, avait une physionomie
de poule avec un nez pointu comme un bec.
Elle s'assit en face de son homme et demeura
sans bouger, saisie de se trouver au milieu
d'une aussi belle société.

Et c'était, en effet, dans le wagon un
éblouissement de couleurs éclatantes. Madame, tout en bleu, en soie bleue des pieds
à la tête, portait là-dessus un châle de faux
cachemire français, rouge, aveuglant, fulgu-

rant. Fernande soufflait dans une robe écossaise dont le corsage, lacé à toute force par ses compagnes, soulevait sa croulante poitrine en un double dôme toujours agité qui semblait liquide sous l'étoffe.

Raphaële, avec une coiffure emplumée simulant un nid plein d'oiseaux, portait une toilette lilas, pailletée d'or, quelque chose d'oriental qui seyait à sa physionomie de Juive. Rosa la Rosse, en jupe rose à larges volants, avait l'air d'une enfant trop grasse, d'une naine obèse; et les deux Pompes semblaient s'être taillé des accoutrements étranges au milieu de vieux rideaux de fenêtre, ces vieux rideaux à ramages datant de la Restauration.

Sitôt qu'elles ne furent plus seules dans le compartiment, ces dames prirent une contenance grave, et se mirent à parler de choses relevées pour donner bonne opinion d'elles. Mais à Bolbec apparut un monsieur à favoris blonds, avec des bagues et une chaîne en or, qui mit dans le filet sur sa tête plusieurs paquets enveloppés de toile cirée. Il avait un air farceur et bon enfant. Il salua, sourit et demanda avec aisance : — «Ces dames changent de garnison?» — Cette question jeta dans le groupe une confusion embarrassée. Madame enfin reprit contenance, et elle ré-

pondit sèchement, pour venger l'honneur du
corps : — «Vous pourriez bien être poli!» —
Il s'excusa : — «Pardon, je voulais dire de
monastère.» — Madame ne trouvant rien
à répliquer, ou jugeant peut-être la rectifica-
tion suffisante, fit un salut digne en pinçant
les lèvres.

Alors le monsieur, qui se trouvait assis
entre Rosa la Rosse et le vieux paysan, se mit
à cligner de l'œil aux trois canards dont les
têtes sortaient du grand panier; puis, quand
il sentit qu'il captivait déjà son public, il
commença à chatouiller ces animaux sous le
bec, en leur tenant des discours drôles pour
dérider la société : — «Nous avons quitté
notre petite ma-mare! couen! couen! couen!
— pour faire connaissance avec la petite
bro-broche, — couen! couen! couen!» — Les
malheureuses bêtes tournaient le cou afin
d'éviter ses caresses, faisaient des efforts affreux pour sortir de leur prison d'osier; puis
soudain toutes trois ensemble poussèrent un
lamentable cri de détresse : — Couen! couen!
couen! couen! — Alors ce fut une explosion
de rires parmi les femmes. Elles se penchaient,
elles se poussaient pour voir; on s'intéressait
follement aux canards; et le monsieur redou-
blait de grâce, d'esprit et d'agaceries.

Rosa s'en mêla, et, se penchant par-dessus

les jambes de son voisin, elle embrassa les
trois bêtes sur le nez. Aussitôt chaque femme
voulut les baiser à son tour; et le monsieur
asseyait ces dames sur ses genoux, les faisait
sauter, les pinçait; tout à coup il les tutoya.

Les deux paysans, plus affolés encore que
leurs volailles, roulaient des yeux de possédés
sans oser faire un mouvement, et leurs vieilles
figures plissées n'avaient pas un sourire, pas
un tressaillement.

Alors le monsieur, qui était commis voyageur, offrit par farce des bretelles à ces dames, et, s'emparant d'un de ses paquets, il
l'ouvrit. C'était une ruse, le paquet contenait
des jarretières.

Il y en avait en soie bleue, en soie rose, en
soie rouge, en soie violette, en soie mauve,
en soie ponceau, avec des boucles de métal
formées par deux amours enlacés et dorés.
Les filles poussèrent des cris de joie, puis examinèrent les échantillons, reprises par la gra-
vité naturelle à toute femme qui tripote un
objet de toilette. Elles se consultaient de l'œil
ou d'un mot chuchoté, se répondaient de
même, et Madame maniait avec envie une
paire de jarretières orangées, plus larges, plus
imposantes que les autres : de vraies jarretières de patronne.

Le monsieur attendait, nourrissant une

idée : — «Allons, mes petites chattes, dit-il,
il faut les essayer.» — Ce fut une tempête
d'exclamations; et elles serraient leurs jupes
entre leurs jambes comme si elles eussent
craint des violences. Lui, tranquille, attendait son heure. Il déclara : — «Vous ne voulez pas, je remballe.» Puis, finement : —
«J'offrirai une paire, au choix, à celles qui
feront l'essai.» — Mais elles ne voulaient pas,
très dignes, la taille redressée. Les deux
Pompes cependant semblaient si malheureuses qu'il leur renouvela la proposition.
Flora Balançoire surtout, torturée de désir,
hésitait visiblement. Il la pressa : — «Vas-y,
ma fille, un peu de courage; tiens, la paire
lilas, elle ira bien avec ta toilette.» Alors elle
se décida, et, relevant sa robe, montra une
forte jambe de vachère, mal serrée en un bas
grossier. Le monsieur, se baissant, accrocha
la jarretière sous le genou d'abord, puis au-
dessus; et il chatouillait doucement la fille
pour lui faire pousser des petits cris avec de
brusques tressaillements. Quand il eut fini,
il donna la paire lilas et demanda : — «A qui
le tour?» Toutes ensemble s'écrièrent : —
«A moi! à moi!» Il commença par Rosa la
Rosse, qui découvrit une chose informe, toute
ronde, sans cheville, un vrai «boudin de
jambe», comme disait Raphaële. Fernande

fut complimentée par le commis voyageur
qu'enthousiasmèrent ses puissantes colonnes.
Les maigres tibias de la belle Juive eurent
moins de succès. Louise Cocote, par plaisanterie, coiffa le monsieur de sa jupe; et
Madame fut obligée d'intervenir pour arrêter
cette farce inconvenante. Enfin Madame elle-
même tendit sa jambe, une belle jambe normande, grasse et musclée; et le voyageur,
surpris et ravi, ôta galamment son chapeau
pour saluer ce maître mollet en vrai chevalier
français.

Les deux paysans, figés dans l'ahurisse-
ment, regardaient de côté, d'un seul œil; et
ils ressemblaient si absolument à des poulets
que l'homme aux favoris blonds, en se relevant, leur fit dans le nez «Co-co-ri-co». Ce qui
déchaîna de nouveau un ouragan de gaieté.

Les vieux descendirent à Motteville, avec
leur panier, leurs canards et leur parapluie;
et l'on entendit la femme dire à son homme
en s'éloignant : — «C'est des traînées qui
s'en vont encore à ce satané Paris.»

Le plaisant commis porte-balle descendit
lui-même à Rouen, après s'être montré si
grossier que Madame se vit obligée de le re-
mettre vertement à sa place. Elle ajouta,
comme morale : — «Ça nous apprendra à
causer au premier venu.»

A Oissel, elles changèrent de train, et trouvèrent à une gare suivante M. Joseph Rivet qui les attendait avec une grande charrette pleine de chaises et attelée d'un cheval blanc.

Le menuisier embrassa poliment toutes ces dames et les aida à monter dans sa carriole. Trois s'assirent sur trois chaises au fond; Raphaële, Madame et son frère, sur les trois chaises de devant, et Rosa, n'ayant point de siège, se plaça tant bien que mal sur les genoux de la grande Fernande; puis l'équipage se mit en route. Mais, aussitôt, le trot saccadé du bidet secoua si terriblement la voiture que les chaises commencèrent à danser, jetant les voyageuses en l'air, à droite, à gauche, avec des mouvements de pantins, des grimaces effarées, des cris d'effroi, coupés soudain par une secousse plus forte. Elles se cramponnaient aux côtés du véhicule; les chapeaux tombaient dans le dos, sur le nez ou vers l'épaule; et le cheval blanc allait toujours, allongeant la tête, et la queue droite, une petite queue de rat sans poil dont il se battait les fesses de temps en temps. Joseph Rivet, un pied tendu sur le brancard, l'autre jambe repliée sous lui, les coudes très élevés, tenait les rênes, et de sa gorge s'échappait à tout instant une sorte de gloussement qui, faisant dresser les oreilles au bidet, accélérait son allure.

Des deux côtés de la route la campagne verte se déroulait. Les colzas en fleur mettaient de place en place une grande nappe jaune ondulante d'où s'élevait une saine et puissante odeur, une odeur pénétrante et douce, portée très loin par le vent. Dans les seigles déjà grands des bluets montraient leurs petites têtes azurées que les femmes voulaient cueillir, mais M. Rivet refusa d'arrêter. Puis parfois, un champ tout entier semblait arrosé de sang tant les coquelicots l'avaient envahi. Et au milieu de ces plaines colorées ainsi par les fleurs de la terre, la carriole, qui paraissait porter elle-même un bouquet de fleurs aux teintes plus ardentes, passait au trot du cheval blanc, disparaissait derrière les grands arbres d'une ferme, pour reparaître au bout du feuillage et promener de nouveau à travers les récoltes jaunes et vertes, piquées de rouge ou de bleu, cette éclatante charretée de femmes qui fuyait sous le soleil.

Une heure sonnait quand on arriva devant la porte du menuisier.

Elles étaient brisées de fatigue et pâles de faim, n'ayant rien pris depuis le départ. Mme Rivet se précipita, les fit descendre l'une après l'autre, les embrassant aussitôt qu'elles

touchaient terre; et elle ne se lassait point de
bécoter sa belle-sœur, qu'elle désirait acca-
parer. On mangea dans l'atelier débarrassé
des établis pour le dîner du lendemain.

Une bonne omelette que suivit une an-
douille grillée, arrosée de bon cidre piquant,
rendit la gaieté à tout le monde. Rivet, pour
trinquer, avait pris un verre, et sa femme servait, faisait la cuisine, apportait les plats, les
enlevait, murmurant à l'oreille de chacune :
— «En avez-vous à votre désir?» — Des tas
de planches dressées contre les murs et des
empilements de copeaux balayés dans les
coins répandaient un parfum de bois varlopé,
une odeur de menuiserie, ce souffle résineux
qui pénètre au fond des poumons.

On réclama la petite, mais elle était à
l'église, ne devant rentrer que le soir.

La compagnie alors sortit pour faire un
tour dans le pays.

C'était un tout petit village que traversait
une grand'route. Une dizaine de maisons rangées le long de cette voie unique abritaient
les commerçants de l'endroit, le boucher,
l'épicier, le menuisier, le cafetier, le savetier
et le boulanger. L'église, au bout de cette
sorte de rue, était entourée d'un étroit cimetière; et quatre tilleuls démesurés, plantés
devant son portail, l'ombrageaient tout en-

tière. Elle était bâtie en silex taillé, sans style aucun, et coiffée d'un clocher d'ardoises. Après elle la campagne recommençait, coupée çà et là de bouquets d'arbres cachant les fermes.

Rivet, par cérémonie, et bien qu'en vêtements d'ouvrier, avait pris le bras de sa sœur qu'il promenait avec majesté. Sa femme, tout émue par la robe à filets d'or de Raphaële, s'était placée entre elle et Fernande. La boulotte Rosa trottait derrière avec Louise Cocote et Flora Balançoire, qui boitaillait, exténuée.

Les habitants venaient aux portes, les enfants arrêtaient leurs jeux, un rideau soulevé laissait entrevoir une tête coiffée d'un bonnet d'indienne; une vieille à béquille et presque aveugle se signa comme devant une procession; et chacun suivait longtemps du regard toutes les belles dames de la ville qui étaient venues de si loin pour la première communion de la petite à Joseph Rivet. Une immense considération rejaillissait sur le menuisier.

En passant devant l'église, elles entendirent des chants d'enfants : un cantique crié vers le ciel par des petites voix aiguës; mais Madame empêcha qu'on entrât, pour ne point troubler ces chérubins.

Après un tour dans la campagne, et l'énumération des principales propriétés, du ren-

dement de la terre et de la production du
bétail, Joseph Rivet ramena son troupeau de
femmes et l'installa dans son logis.

La place étant fort restreinte, on les avait
réparties deux par deux dans les pièces.

Rivet, pour cette fois, dormirait dans l'atelier, sur les copeaux; sa femme partagerait
son lit avec sa belle-sœur, et, dans la chambre à côté, Fernande et Raphaële repose-
raient ensemble. Louise et Flora se trouvaient
installées dans la cuisine sur un matelas jeté
par terre; et Rosa occupait seule un petit
cabinet noir au-dessus de l'escalier, contre
l'entrée d'une soupente étroite où coucherait,
cette nuit-là, la communiante.

Lorsque rentra la petite fille, ce fut sur elle
une pluie de baisers; toutes les femmes la
voulaient caresser, avec ce besoin d'expansion
tendre, cette habitude professionnelle de
chatteries, qui, dans le wagon, les avait fait
toutes embrasser les canards. Chacune l'assit
sur ses genoux, mania ses fins cheveux blonds,
la serra dans ses bras en des élans d'affection
véhémente et spontanée. L'enfant bien sage,
toute pénétrée de piété, comme fermée par
l'absolution, se laissait faire, patiente et recueillie.

La journée ayant été pénible pour tout le
monde, on se coucha bien vite après dîner.

Ce silence illimité des champs qui semble
presque religieux enveloppait le petit village,
un silence tranquille, pénétrant, et large jusqu'aux astres. Les filles, accoutumées aux
soirées tumultueuses du logis public, se sentaient émues par ce muet repos de la campagne endormie. Elles avaient des frissons sur
la peau, non de froid, mais des frissons de
solitude venus du cœur inquiet et troublé.

Sitôt qu'elles furent en leur lit, deux par
deux, elles s'étreignirent comme pour se défendre contre cet envahissement du calme
et profond sommeil de la terre. Mais Rosa la
Rosse, seule en son cabinet noir, et peu ha-
bituée à dormir les bras vides, se sentit saisie
par une émotion vague et pénible. Elle se retournait sur sa couche, ne pouvant obtenir
le sommeil, quand elle entendit, derrière la
cloison de bois contre sa tête, de faibles sanglots comme ceux d'un enfant qui pleure.
Effrayée, elle appela faiblement, et une petite voix entrecoupée lui répondit. C'était
la fillette qui, couchant toujours dans la
chambre de sa mère, avait peur en sa soupente étroite.

Rosa, ravie, se leva, et doucement, pour
ne réveiller personne, alla chercher l'enfant.
Elle l'amena dans son lit bien chaud, la pressa
contre sa poitrine en l'embrassant, la dorlota,

l'enveloppa de sa tendresse aux manifesta-
tions exagérées, puis, calmée elle-même, s'endormit. Et jusqu'au jour la communiante re-
posa son front sur le sein nu de la prostituée.

Dès cinq heures, à l'*Angelus*, la petite cloche
de l'église sonnant à toute volée réveilla ces
dames qui dormaient ordinairement leur matinée entière, seul repos des fatigues nocturnes. Les paysans dans le village étaient
déjà debout. Les femmes du pays allaient af-
fairées de porte en porte, causant vivement,
apportant avec précaution de courtes robes
de mousseline empesées comme du carton,
ou des cierges démesurés, avec un nœud de
soie frangée d'or au milieu, et des découpures
de cire indiquant la place de la main. Le soleil déjà haut rayonnait dans un ciel tout
bleu qui gardait vers l'horizon une teinte un
peu rosée, comme une trace affaiblie de l'aurore. Des familles de poules se promenaient
devant leurs maisons; et, de place en place,
un coq noir au cou luisant levait sa tête coiffée
de pourpre, battait des ailes, et jetait au vent
son chant de cuivre que répétaient les autres
coqs.

Des carrioles arrivaient des communes voisines, déchargeant au seuil des portes les
hautes Normandes en robes sombres, au fichu
croisé sur la poitrine et retenu par un bijou

d'argent séculaire. Les hommes avaient passé la blouse bleue sur la redingote neuve ou sur le vieil habit de drap vert dont les deux basques passaient.

Quand les chevaux furent à l'écurie, il y eut ainsi tout le long de la grande route une double ligne de guimbardes rustiques, charrettes, cabriolets, tilburys, chars à bancs, voitures de toute forme et de tout âge, penchées sur le nez ou bien cul par terre et les brancards au ciel.

La maison du menuisier était pleine d'une activité de ruche. Ces dames, en caraco et en jupon, les cheveux répandus sur le dos, des cheveux maigres et courts qu'on aurait dits ternis et rongés par l'usage, s'occupaient à habiller l'enfant.

La petite, debout sur une table, ne remuait pas, tandis que Mme Tellier dirigeait les mouvements de son bataillon volant. On la débarbouilla, on la peigna, on la coiffa, on la vêtit, et, à l'aide d'une multitude d'épingles, on disposa les plis de la robe, on pinça la taille trop large, on organisa l'élégance de la toilette. Puis, quand ce fut terminé, on fit asseoir la patiente en lui recommandant de ne plus bouger; et la troupe agitée des femmes courût se parer à son tour.

La petite église recommençait à sonner.

Son tintement frêle de cloche pauvre montait se perdre à travers le ciel, comme une
voix trop faible, vite noyée dans l'immensité
bleue.

Les communiants sortaient des portes, allaient vers le bâtiment communal qui contenait les deux écoles et la mairie, et situé tout
au bout du pays, tandis que la « maison de
Dieu » occupait l'autre bout.

Les parents, en tenue de fête, avec une
physionomie gauche et ces mouvements in-
habiles des corps toujours courbés sur le travail, suivaient leurs mioches. Les petites filles
disparaissaient dans un nuage de tulle neigeux
semblable à de la crème fouettée, tandis que
les petits hommes, pareils à des embryons de
garçons de café, la tête encollée de pom-
made, marchaient les jambes écartées, pour
ne point tacher leur culotte noire.

C'était une gloire pour une famille quand
un grand nombre des parents, venus de loin,
entouraient l'enfant : aussi le triomphe du
menuisier fut-il complet. Le régiment Tellier,
patronne en tête, suivait Constance; et le
père donnant le bras à sa sœur, la mère marchant à côté de Raphaële, Fernande avec
Rosa, et les deux Pompes ensemble, la troupe
se déployait majestueusement comme un état-
major en grand uniforme.

L'effet dans le village fut foudroyant.

A l'école, les filles se rangèrent sous la cornette de la bonne sœur, les garçons sous le chapeau de l'instituteur, un bel homme qui représentait; et l'on partit en attaquant un cantique. ˙

Les enfants mâles en tête allongeaient leurs deux files entre les deux rangs de voitures dételées, les filles suivaient dans le même ordre; et tous les habitants ayant cédé le pas aux dames de la ville par considération, elles arrivaient immédiatement après les petites, prolongeant encore la double ligne de la procession, trois à gauche et trois à droite, avec leurs toilettes éclatantes comme un bouquet de feu d'artifice.

Leur entrée dans l'église affola la population. On se pressait, on se retournait, on se poussait pour les voir. Et des dévotes parlaient presque haut, stupéfaites par le spectacle de ces dames plus chamarrées que les chasubles des chantres. Le maire offrit son banc, le premier banc à droite auprès du chœur, et Mme Tellier y prit place avec sa belle-sœur, Fernande et Raphaële. Rosa la Rosse et les deux Pompes occupèrent le second banc en compagnie du menuisier.

Le chœur de l'église était plein d'enfants à genoux, filles d'un côté, garçons de l'autre, et les longs cierges qu'ils tenaient en main semblaient des lances inclinées en tous sens.

Devant le lutrin, trois hommes debout chantaient d'une voix pleine. Ils prolongeaient indéfiniment les syllabes du latin sonore, éternisant les *Amen* avec des *a-a* indéfinis que le serpent soutenait de sa note monotone poussée sans fin, mugie par l'instrument de cuivre à large gueule. La voix pointue d'un enfant donnait la réplique, et, de temps en temps, un prêtre assis dans une stalle et coiffé d'une barrette carrée se levait, bredouillait quelque chose et s'asseyait de nouveau, tandis que les trois chantres repartaient, l'œil fixé sur le gros livre de plain-chant ouvert devant eux et porté par les ailes déployées d'un aigle de bois monté sur pivot.

Puis un silence se fit. Toute l'assistance, d'un seul mouvement, se mit à genoux, et l'officiant parut, vieux, vénérable, avec des cheveux blancs, incliné sur le calice qu'il portait de sa main gauche. Devant lui marchaient les deux servants en robe rouge, et, derrière, apparut une foule de chantres à gros souliers qui s'alignèrent des deux côtés du chœur.

Une petite clochette tinta au milieu du grand silence. L'office divin commençait. Le prêtre circulait lentement devant le tabernacle d'or, faisait des génuflexions, psalmodiait de sa voix cassée, chevrotante de vieillesse, les prières préparatoires. Aussitôt qu'il s'était tu, tous les chantres et le serpent éclataient d'un seul coup, et des hommes aussi chantaient dans l'église, d'une voix moins forte, plus humble, comme doivent chanter les assistants.

Soudain le *Kyrie eleison* jaillit vers le ciel, poussé par toutes les poitrines et tous les cœurs. Des grains de poussière et des fragments de bois vermoulu tombèrent même de la voûte ancienne secouée par cette explosion de cris. Le soleil qui frappait sur les ardoises du toit faisait une fournaise de la petite église; et une grande émotion, une attente anxieuse, les approches de l'ineffable mystère, étreignaient le cœur des enfants, serraient la gorge de leurs mères.

Le prêtre, qui s'était assis quelque temps, remonta vers l'autel, et, tête nue, couvert de ses cheveux d'argent, avec des gestes tremblants, il approchait de l'acte surnaturel.

Il se tourna vers les fidèles, et, les mains tendues vers eux, prononça : « *Orate, fratres* », « priez, mes frères ». Ils priaient tous. Le vieux curé balbutiait maintenant tout bas les paroles mystérieuses et suprêmes; la clochette tintait coup sur coup; la foule prosternée appelait

Dieu; les enfants défaillaient d'une anxiété démesurée.

C'est alors que Rosa, le front dans ses mains, se rappela tout à coup sa mère, l'église de son village, sa première communion. Elle se crut revenue à ce jour-là, quand elle était si petite, toute noyée en sa robe blanche, et elle se mit à pleurer. Elle pleura doucement d'abord : les larmes lentes sortaient de ses paupières, puis, avec ses souvenirs, son émotion grandit, et, le cou gonflé, la poitrine battante, elle sanglota. Elle avait tiré son mouchoir, s'essuyait les yeux, se tamponnait le nez et la bouche pour ne point crier : ce fut en vain; une espèce de râle sortit de sa gorge, et deux autres soupirs profonds, déchirants, lui répondirent; car ses deux voisines, abattues près d'elle, Louise et Flora, étreintes des mêmes souvenances lointaines, gémissaient aussi avec des torrents de larmes.

Mais comme les larmes sont contagieuses, Madame, à son tour, sentit bientôt ses paupières humides, et, se tournant vers sa belle-sœur, elle vit que tout son banc pleurait aussi.

Le prêtre engendrait le corps de Dieu. Les enfants n'avaient plus de pensée, jetés sur les dalles par une dévotion brûlante; et, dans l'église, de place en place, une femme, une mère, une sœur, saisie par l'étrange sympathie des émotions poignantes, bouleversée aussi par ces belles dames à·genoux que secouaient des frissons et des hoquets, trempait son mouchoir d'indienne à carreaux et, de la main gauche, pressait violemment son cœur bondissant.

Comme la flammèche qui jette le feu à travers un champ mûr, les larmes de Rosa et de ses compagnes gagnèrent en un instant toute la foule. Hommes, femmes, vieillards, jeunes gars en blouse neuve, tous bientôt sanglotèrent, et sur leur tête semblait planer quelque chose de surhumain, une âme épandue, le souffle prodigieux d'un être invisible et tout-puissant.

Alors, dans le chœur de l'église, un petit coup sec retentit : la bonne sœur, en frappant sur son livre, donnait le signal de la communion ; et les enfants, grelottant d'une fièvre divine, s'approchèrent de la table sainte.

Toute une file s'agenouillait. Le vieux curé, tenant en main le ciboire d'argent doré, passait devant eux, leur offrant, entre deux doigts, l'hostie sacrée, le corps du Christ, la rédemption du monde. Ils ouvraient la bouche avec des spasmes, des grimaces nerveuses, les yeux fermés, la face toute pâle ; et la longue nappe étendue sous leurs mentons frémissait comme de l'eau qui coule.

Soudain dans l'église une sorte de folie courut, une rumeur de foule en délire, une tempête de sanglots avec des cris étouffés. Cela passa comme ces coups de vent qui courbent les forêts; et le prêtre restait debout, immobile, une hostie à la main, paralysé par l'émotion, se disant : « C'est Dieu, c'est Dieu qui est parmi nous, qui manifeste sa présence, qui descend à ma voix sur son peuple agenouillé. » Et il balbutiait des prières affolées, sans trouver les mots, des prières de l'âme, dans un élan furieux vers le ciel.

Il acheva de donner la communion avec une telle surexcitation de foi que ses jambes défaillaient sous lui, et quand lui-même eut bu le sang de son Seigneur, il s'abîma dans un acte de remerciement éperdu.

Derrière lui le peuple peu à peu se calmait. Les chantres, relevés dans la dignité du surplis blanc, repartaient d'une voix moins sûre, encore mouillée; et le serpent aussi semblait enroué comme si l'instrument lui-même eût pleuré.

Alors, le prêtre, levant les mains, leur fit signe de se taire, et passant entre les deux haies de communiants perdus en des extases de bonheur, il s'approcha jusqu'à la grille du chœur.

L'assemblée s'était assise au milieu d'un

bruit de chaises, et tout le monde à présent se mouchait avec force. Dès qu'on aperçut le curé, on fit silence, et il commença à parler d'un ton très bas, hésitant, voilé. — «Mes chers frères, mes chères sœurs, mes enfants, je vous remercie du fond du cœur : vous venez de me donner la plus grande joie de ma vie. J'ai senti Dieu qui descendait sur nous à mon appel. Il est venu, il était là, présent, qui emplissait vos âmes, faisait déborder vos yeux. Je suis le plus vieux prêtre du diocèse, j'en suis aussi, aujourd'hui, le plus heureux. Un miracle s'est fait parmi nous, un vrai, un grand, un sublime miracle. Pendant que Jésus-Christ pénétrait pour la première fois dans le corps de ces petits, le Saint-Esprit, l'oiseau céleste, le souffle de Dieu, s'est abattu sur vous, s'est emparé de vous, vous a saisis, courbés comme des roseaux sous la brise.»

Puis, d'une voix plus claire, se tournant vers les deux bancs où se trouvaient les invitées du menuisier : — «Merci surtout à vous, mes chères sœurs, qui êtes venues de si loin, et dont la présence parmi nous, dont la foi visible, dont la piété si vive ont été pour tous un salutaire exemple. Vous êtes l'édification de ma paroisse; votre émotion a échauffé les cœurs; sans vous, peut-être, ce grand jour n'aurait pas eu ce caractère vrai-

ment divin. Il suffit parfois d'une seule brebis
d'élite pour décider le Seigneur à descendre
sur le troupeau. »

La voix lui manquait. Il ajouta : « C'est
la grâce que je vous souhaite. Ainsi soit-il. »
Et il remonta vers l'autel pour terminer l'office.

Maintenant on avait hâte de partir. Les
enfants eux-mêmes s'agitaient, las d'une si
longue tension d'esprit. Ils avaient faim d'ailleurs, et les parents peu à peu s'en allaient,
sans attendre le dernier évangile, pour terminer les apprêts du repas.

Ce fut une cohue à la sortie, une cohue
bruyante, un charivari de voix criardes où
chantait l'accent normand. La population formait deux haies, et lorsque parurent les enfants, chaque famille se précipita sur le
sien.

Constance se trouva saisie, entourée, em-
brassée par toute la maisonnée de femmes.
Rosa surtout ne se lassait pas de l'étreindre.
Enfin elle lui prit une main, Mme Tellier s'em-
para de l'autre; Raphaële et Fernande relevèrent sa longue jupe de mousseline pour
qu'elle ne traînât point dans la poussière;
Louise et Flora fermaient la marche avec
Mme Rivet; et l'enfant, recueillie, toute pénétrée par le Dieu qu'elle portait en elle, se mit

en route au milieu de cette escorte d'honneur.

Le festin était servi dans l'atelier sur de
longues planches portées par des traverses.

La porte ouverte, donnant sur la rue, laissait entrer toute la joie du village. On se ré-
galait partout. Par chaque fenêtre on apercevait des tablées de monde endimanché, et
des cris sortaient des maisons en goguette. Les
paysans, en bras de chemise, buvaient du
cidre pur à plein verre, et au milieu de chaque
compagnie on apercevait deux enfants, ici
deux filles, là deux garçons, dînant dans l'une
des deux familles.

Quelquefois, sous la lourde chaleur de
midi, un char à bancs traversait le pays au
trot sautillant d'un vieux bidet, et l'homme
en blouse qui conduisait jetait un regard
d'envie sur toute cette ripaille étalée.

Dans la demeure du menuisier, la gaieté
gardait un certain air de réserve, un reste de
l'émotion du matin. Rivet seul était en train
et buvait outre mesure. Mme Tellier regardait
l'heure à tout moment, car pour ne point
chômer deux jours de suite on devait reprendre le train de 3 h. 55 qui les mettrait à
Fécamp vers le soir.

Le menuisier faisait tous ses efforts pour
détourner l'attention et garder son monde

jusqu'au lendemain; mais Madame ne se laissait point distraire; et elle ne plaisantait jamais quand il s'agissait des affaires.

Aussitôt que le café fut pris, elle ordonna
à ses pensionnaires de se préparer bien vite;
puis, se tournant vers son frère : — « Toi, tu
vas atteler tout de suite »; et elle-même alla
terminer ses derniers préparatifs.

Quand elle redescendit, sa belle-sœur l'attendait pour lui parler de la petite; et une
longue conversation eut lieu où rien ne fut
résolu. La paysanne finassait, faussement attendrie, et Mme Tellier, qui tenait l'enfant sur
ses genoux, ne s'engageait à rien, promettait
vaguement : on s'occuperait d'elle, on avait
du temps, on se reverrait d'ailleurs.

Cependant la voiture n'arrivait point, et les
femmes ne descendaient pas. On entendait
même en haut de grands rires, des bouscu-
lades, des poussées de cris, des battements
de mains. Alors, tandis que l'épouse du menuisier se rendait à l'écurie pour voir si l'équipage était prêt, Madame, à la fin, monta.

Rivet, très pochard et à moitié dévêtu, essayait, mais en vain, de violenter Rosa qui
défaillait de rire. Les deux Pompes le rete-
naient par les bras, et tentaient de le calmer,
choquées de cette scène après la cérémonie
du matin; mais Raphaële et Fernande l'exci-

taient, tordues de gaieté, se tenant les côtes;
et elles jetaient des cris aigus à chacun des
efforts inutiles de l'ivrogne. L'homme furieux,
la face rouge, tout débraillé, secouant en des
efforts violents les deux femmes cramponnées
à lui, tirait de toutes ses forces sur la jupe de
Rosa en bredouillant : — « Salope, tu ne veux
pas?» — Mais Madame, indignée, s'élança,
saisit son frère par les épaules, et le jeta dehors
si violemment qu'il alla frapper contre le mur.

Une minute plus tard, on l'entendait dans
la cour qui se pompait de l'eau sur la tête; et
quand il reparut dans sa carriole, il était déjà
tout apaisé.

On se remit en route comme la veille, et
le petit cheval blanc repartit de son allure
vive et dansante.

Sous le soleil ardent, la joie assoupie pendant le repas se dégageait. Les filles s'amu-
saient maintenant des cahots de la guimbarde,
poussaient même les chaises des voisines,
éclataient de rire à tout instant, mises en train
d'ailleurs par les vaines tentatives de Rivet.

Une lumière folle emplissait les champs,
une lumière miroitant aux yeux; et les roues
soulevaient deux sillons de poussière qui vol-
tigeaient longtemps derrière la voiture sur la
grand'route.

Tout à coup Fernande, qui aimait la mu-

sique, supplia Rosa de chanter; et celle-ci
entama gaillardement le *Gros Curé de Meudon*.
Mais Madame tout de suite la fit taire, trouvant cette chanson peu convenable en ce
jour. Elle ajouta : — « Chante-nous plutôt
quelque chose de Béranger. » — Alors Rosa,
après avoir hésité quelques secondes, fixa
son choix, et de sa voix usée commença la
Grand'mère :

Ma grand'mère, un soir à sa fête,
De vin pur ayant bu deux doigts,
Nous disait, en branlant la tête :
Que d'amoureux j'eus autrefois !
    Combien je regrette
    Mon bras si dodu,
    Ma jambe bien faite,
    Et le temps perdu !

Et le chœur des filles, que Madame elle-
même conduisait, reprit :

    Combien je regrette
    Mon bras si dodu,
    Ma jambe bien faite,
    Et le temps perdu !

— Ça, c'est tapé ! déclara Rivet, allumé
par la cadence : et Rosa aussitôt continua :

Quoi, maman, vous n'étiez pas sage ?
— Non, vraiment ! et de mes appas,
Seule, à quinze ans, j'appris l'usage,
Car, la nuit, je ne dormais pas.

Tous ensemble hurlèrent le refrain; et Rivet tapait du pied sur son brancard, battait la mesure avec les rênes sur le dos du bidet blanc qui, comme s'il eût été lui-même enlevé par l'entrain du rythme, prit le galop, un galop de tempête, précipitant ces dames en tas les unes sur les autres dans le fond de la voiture.

Elles se relevèrent en riant comme des folles. Et la chanson continua, braillée à tue-tête à travers la campagne, sous le ciel brûlant, au milieu des récoltes mûrissantes, au train enragé du petit cheval qui s'emballait maintenant à tous les retours du refrain, et piquait chaque fois ses cent mètres de galop, à la grande joie des voyageurs.

De place en place, quelque casseur de cailloux se redressait, et regardait à travers son loup de fil de fer cette carriole enragée et hurlante emportée dans la poussière.

Quand on descendit devant la gare, le menuisier s'attendrit : — « C'est dommage que vous partiez, on aurait bien rigolé. »

Madame lui répondit sensément : — « Toute chose a son temps, on ne peut pas s'amuser toujours. » — Alors une idée illumina l'esprit de Rivet : — « Tiens, dit-il, j'irai vous voir à Fécamp le mois prochain. » — Et il regarda

Rosa d'un air rusé, avec un œil brillant et polisson. — «Allons, conclut Madame, il faut
être sage; tu viendras si tu veux, mais tu ne
feras point de bêtises. »

Il ne répondit pas, et comme on entendait
siffler le train, il se mit immédiatement à embrasser tout le monde. Quand ce fut au tour
de Rosa, il s'acharna à trouver sa bouche que
celle-ci, riant derrière ses lèvres fermées, lui
dérobait chaque fois par un rapide mouvement de côté. Il la tenait en ses bras, mais il
n'en pouvait venir à bout, gêné par son grand
fouet qu'il avait gardé à sa main et que, dans
ses efforts, il agitait désespérément derrière
le dos de la fille.

— Les voyageurs pour Rouen, en voiture!
cria l'employé. Elles montèrent.

Un mince coup de sifflet partit, répété tout
de suite par le sifflement puissant de la machine qui cracha bruyamment son premier
jet de vapeur pendant que les roues commençaient à tourner un peu avec un effort
visible.

Rivet, quittant l'intérieur de la gare, courut
à la barrière pour voir encore une fois Rosa;
et comme le wagon plein de cette marchandise humaine passait devant lui, il se mit à
faire claquer son fouet en sautant et chantant
de toutes ses forces :

Combien je regrette
Mon bras si dodu,
Ma jambe bien faite
Et le temps perdu !

Puis il regarda s'éloigner un mouchoir blanc qu'on agitait.

III

Elles dormirent jusqu'à l'arrivée, du sommeil paisible des consciences satisfaites; et quand elles rentrèrent au logis, rafraîchies, reposées pour la besogne de chaque soir, Madame ne put s'empêcher de dire : — « C'est égal, il m'ennuyait déjà de la maison. »

On soupa vite, puis, quand on eut repris le costume de combat, on attendit les clients habituels; et la petite lanterne allumée, la petite lanterne de madone, indiquait aux passants que dans la bergerie le troupeau était revenu.

En un clin d'œil la nouvelle se répandit, on ne sait comment, on ne sait par qui. M. Philippe, le fils du banquier, poussa même la complaisance jusqu'à prévenir par un exprès M. Tournevau, emprisonné dans sa famille.

Le saleur avait justement chaque dimanche

plusieurs cousins à dîner, et l'on prenait le café quand un homme se présenta avec une lettre à la main. M. Tournevau, très ému, rompit l'enveloppe et devint pâle : il n'y avait que ces mots tracés au crayon : « *Chargement de morues retrouvé; navire entré au port; bonne affaire pour vous. Venez vite.* »

Il fouilla dans ses poches, donna vingt centimes au porteur, et rougissant soudain jusqu'aux oreilles : « Il faut, dit-il, que je sorte. » Et il tendit à sa femme le billet laconique et mystérieux. Il sonna, puis, lorsque parut la bonne : — « Mon pardessus, vite, vite, et mon chapeau. » — A peine dans la rue, il se mit à courir en sifflant un air, et le chemin lui parut deux fois plus long tant son impatience était vive.

L'établissement Tellier avait un air de fête. Au rez-de-chaussée les voix tapageuses des hommes du port faisaient un assourdissant vacarme. Louise et Flora ne savaient à qui répondre, buvaient avec l'un, buvaient avec l'autre, méritaient mieux que jamais leur sobriquet des « deux Pompes ». On les appelait partout à la fois; elles ne pouvaient déjà suffire à la besogne, et la nuit pour elles s'annonçait laborieuse.

Le cénacle du premier fut au complet dès neuf heures. M. Vasse, le juge au tribunal de commerce, le soupirant attitré mais platonique de Madame, causait tout bas avec elle dans un coin; et ils souriaient tous les deux comme si une entente était près de se faire. M. Poulin, l'ancien maire, tenait Rosa à cheval sur ses jambes; et elle, nez à nez avec lui, promenait ses mains courtes dans les favoris blancs du bonhomme. Un bout de cuisse nue passait sous la jupe de soie jaune relevée, coupant le drap noir du pantalon, et les bas rouges étaient serrés par une jarretière bleue, cadeau du commis voyageur.

La grande Fernande, étendue sur le sopha, avait les deux pieds sur le ventre de M. Pimpesse, le percepteur, et le torse sur le gilet du jeune M. Philippe dont elle accrochait le cou de sa main droite, tandis que de la gauche elle tenait une cigarette.

Raphaële semblait en pourparlers avec M. Dupuis, l'agent d'assurances, et elle termina l'entretien par ces mots : — « Oui, mon chéri, ce soir, je veux bien. » — Puis, faisant seule un tour de valse rapide à travers le salon : — « Ce soir, tout ce qu'on voudra, » cria-t-elle.

La porte s'ouvrit brusquement et M. Tournevau parut. Des cris enthousiastes éclatèrent : — « Vive Tournevau ! » — Et Raphaële, qui pivotait toujours, alla tomber sur son cœur.

Il la saisit d'un enlacement formidable, et, sans dire un mot, l'enlevant de terre comme une plume, il traversa le salon, gagna la porte du fond, et disparut dans l'escalier des chambres avec son fardeau vivant, au milieu des applaudissements.

Rosa, qui allumait l'ancien maire, l'embrassant coup sur coup et tirant sur ses deux favoris en même temps pour maintenir droite sa tête, profita de l'exemple : — « Allons, fais comme lui, » — dit-elle. Alors le bonhomme se leva, et, rajustant son gilet, suivit la fille en fouillant dans la poche où dormait son argent.

Fernande et Madame restèrent seules avec les quatre hommes, et M. Philippe s'écria : — « Je paye du champagne : Mme Tellier, envoyez chercher trois bouteilles. » — Alors Fernande l'étreignant lui demanda dans l'oreille : — « Fais-nous danser, dis, tu veux ? » — Il se leva, et, s'asseyant devant l'épinette séculaire endormie en un coin, fit sortir une valse, une valse enrouée, larmoyante, du ventre geignant de la machine. La grande fille enlaça le percepteur, Madame s'abandonna aux bras de M. Vasse ; et les deux couples tournèrent en échangeant des baisers. M. Vasse, qui avait jadis dansé dans le monde, faisait des grâces, et Madame le regardait d'un œil captivé, de

4

cet œil qui répond « oui », un « oui » plus dis-
cret et plus délicieux qu'une parole !

Frédéric apporta le champagne. Le premier bouchon partit, et M. Philippe exécuta
l'invitation d'un quadrille.

Les quatre danseurs le marchèrent à la
façon mondaine, convenablement, digne-
ment, avec des manières, des inclinations et
des saluts.

Après quoi l'on se mit à boire. Alors
M. Tournevau reparut, satisfait, soulagé, radieux. Il s'écria : — « Je ne sais pas ce qu'a
Raphaële, mais elle est parfaite ce soir. » —
Puis, comme on lui tendait un verre, il le vida
d'un trait en murmurant : — « Bigre, rien
que ça de luxe ! »

Sur-le-champ M. Philippe entama une polka
vive, et M. Tournevau s'élança avec la belle
Juive qu'il tenait en l'air, sans laisser ses pieds
toucher terre. M. Pimpesse et M. Vasse étaient
repartis d'un nouvel élan. De temps en temps
un des couples s'arrêtait près de la cheminée
pour lamper une flûte de vin mousseux; et
cette danse menaçait de s'éterniser, quand
Rosa entr'ouvrit la porte avec un bougeoir à
la main. Elle était en cheveux, en savates, en
chemise, tout animée, toute rouge : — « Je
veux danser, » cria-t-elle. Raphaële demanda :
— « Et ton vieux ? » — Rosa s'esclaffa : —

«Lui? il dort déjà, il dort tout de suite.»
— Elle saisit M. Dupuis, resté sans emploi
sur le divan, et la polka recommença.

Mais les bouteilles étaient vides : — «J'en
paye une,» déclara M. Tournevau. — «Moi
aussi,» annonça M. Vasse. — «Moi de même,»
conclut M. Dupuis. Alors tout le monde ap-
plaudit.

Cela s'organisait, devenait un vrai bal. De
temps en temps même, Louise et Flora montaient bien vite, faisaient rapidement un tour
de valse, pendant que leurs clients, en bas,
s'impatientaient; puis elles retournaient en
courant à leur café, avec le cœur gonflé de
regrets.

A minuit, on dansait encore. Parfois une
des filles disparaissait, et quand on la cherchait pour faire un vis-à-vis, on s'apercevait
tout à coup qu'un des hommes aussi manquait.

— D'où venez-vous donc?» demanda
plaisamment M. Philippe, juste au moment
où M. Pimpesse rentrait avec Fernande. —
«De voir dormir M. Poulin,» répondit le
percepteur. Le mot eut un succès énorme;
et tous, à tour de rôle, montaient voir dormir
M. Poulin avec l'une ou l'autre des demoiselles, qui se montrèrent, cette nuit-là, d'une
complaisance inconcevable. Madame fermait

les yeux; et elle avait dans les coins de longs apartés avec M. Vasse comme pour régler les derniers détails d'une affaire entendue déjà.

Enfin, à une heure, les deux hommes mariés, M. Tournevau et M. Pimpesse, déclarèrent qu'ils se retiraient, et voulurent régler leur compte. On ne compta que le champagne, et, encore, à six francs la bouteille au lieu de dix francs, prix ordinaire. Et comme ils s'étonnaient de cette générosité, Madame, radieuse, leur répondit :

— Ça n'est pas tous les jours fête.

————

NOTES.

La Maison Tellier a réellement existé à Rouen; la cérémonie de la première communion s'est passée au Bois-Guillaume, près de Rouen. La nouvelle fut achevée au mois de janvier 1881. Maupassant écrit à cette date à sa mère : « J'ai presque fini ma nouvelle sur les femmes de bordel à la première communion.» Il ajoute : « Je crois que c'est au moins égal à *Boule de Suif,* sinon supérieur. »

HISTOIRE

D'UNE FILLE DE FERME

HISTOIRE

D'UNE FILLE DE FERME.

I

Comme le temps était fort beau, les gens de la ferme avaient dîné plus vite que de coutume et s'en étaient allés dans les champs.

Rose, la servante, demeura toute seule au milieu de la vaste cuisine où un reste de feu s'éteignait dans l'âtre sous la marmite pleine d'eau chaude. Elle puisait à cette eau par moments et lavait lentement sa vaisselle, s'interrompant pour regarder deux carrés lumineux que le soleil, à travers la fenêtre, plaquait sur la longue table, et dans lesquels apparaissaient les défauts des vitres.

Trois poules très hardies cherchaient des miettes sous les chaises. Des odeurs de basse-

cour, des tiédeurs fermentées d'étable entraient par la porte entr'ouverte; et dans le
silence du midi brûlant on entendait chanter
les coqs.

Quand la fille eut fini sa besogne, essuyé
la table, nettoyé la cheminée et rangé les assiettes sur le haut dressoir au fond près de
l'horloge en bois au tic tac sonore, elle respira, un peu étourdie, oppressée sans savoir
pourquoi. Elle regarda les murs d'argile noir-
cis, les poutres enfumées du plafond où pendaient des toiles d'araignée, des harengs saurs
et des rangées d'oignons; puis elle s'assit,
gênée par les émanations anciennes que la
chaleur de ce jour faisait sortir de la terre
battue du sol où avaient séché tant de choses
répandues depuis si longtemps. Il s'y mêlait
aussi la saveur âcre du laitage qui crémait au
frais dans la pièce à côté. Elle voulut cependant se mettre à coudre comme elle en avait
l'habitude, mais la force lui manqua et elle
alla respirer sur le seuil.

Alors, caressée par l'ardente lumière, elle
sentit une douceur qui lui pénétrait au cœur,
un bien-être coulant dans ses membres.

Devant la porte, le fumier dégageait sans
cesse une petite vapeur miroitante. Les poules
se vautraient dessus, couchées sur le flanc,
et grattaient un peu d'une seule patte pour

trouver des vers. Au milieu d'elles, le coq, superbe, se dressait. A chaque instant il en choisissait une et tournait autour avec un petit gloussement d'appel. La poule se levait nonchalamment et le recevait d'un air tranquille, pliant les pattes et le supportant sur ses ailes; puis elle secouait ses plumes d'où sortait de la poussière et s'étendait de nouveau sur le fumier, tandis que lui chantait, comptant ses triomphes; et dans toutes les cours tous les coqs lui répondaient, comme si, d'une ferme à l'autre, ils se fussent envoyé des défis amoureux.

La servante les regardait sans penser; puis elle leva les yeux et fut éblouie par l'éclat des pommiers en fleur, tout blancs comme des têtes poudrées.

Soudain un jeune poulain, affolé de gaieté, passa devant elle en galopant. Il fit deux fois le tour des fossés plantés d'arbres, puis s'arrêta brusquement et tourna la tête comme étonné d'être seul.

Elle aussi se sentait une envie de courir, un besoin de mouvement et, en même temps, un désir de s'étendre, d'allonger ses membres, de se reposer dans l'air immobile et chaud. Elle fit quelques pas, indécise, fermant les yeux, saisie par un bien-être bestial; puis, tout doucement, elle alla chercher

les œufs au poulailler. Il y en avait treize,
qu'elle prit et rapporta. Quand ils furent serrés dans le buffet, les odeurs de la cuisine
l'incommodèrent de nouveau et elle sortit
pour s'asseoir un peu sur l'herbe.

La cour de ferme, enfermée par les arbres,
semblait dormir. L'herbe haute, où des pis-
senlits jaunes éclataient comme des lumières,
était d'un vert puissant, d'un vert tout neuf
de printemps. L'ombre des pommiers se ramassait en rond à leurs pieds; et les toits de
chaume des bâtiments, au sommet desquels
poussaient des iris aux feuilles pareilles à des
sabres, fumaient un peu comme si l'humi-
dité des écuries et des granges se fût envolée
à travers la paille.

La servante arriva sous le hangar où l'on
rangeait les chariots et les voitures. Il y avait
là, dans le creux du fossé, un grand trou vert
plein de violettes dont l'odeur se répandait,
et, par-dessus le talus, on apercevait la campagne, une vaste plaine où poussaient les
récoltes, avec des bouquets d'arbres par endroits, et, de place en place, des groupes
de travailleurs lointains, tout petits comme
des poupées, des chevaux blancs pareils à des
jouets, traînant une charrue d'enfant poussée
par un bonhomme haut comme le doigt.

Elle alla prendre une botte de paille dans

un grenier et la jeta dans ce trou pour s'asseoir dessus; puis, n'étant pas à son aise, elle défit le lien, éparpilla son siège et s'étendit sur le dos, les deux bras sous sa tête et les jambes allongées.

Tout doucement elle fermait les yeux, assoupie dans une mollesse délicieuse. Elle allait même s'endormir tout à fait, quand elle sentit deux mains qui lui prenaient la poitrine, et elle se redressa d'un bond. C'était Jacques, le garçon de ferme, un grand Picard bien découplé, qui la courtisait depuis quelque temps. Il travaillait ce jour-là dans la bergerie, et, l'ayant vue s'étendre à l'ombre, il était venu à pas de loup, retenant son haleine, les yeux brillants, avec des brins de paille dans les cheveux.

Il essaya de l'embrasser, mais elle le gifla, forte comme lui; et, sournois, il demanda grâce. Alors ils s'assirent l'un près de l'autre et ils causèrent amicalement. Ils parlèrent du temps qui était favorable aux moissons, de l'année qui s'annonçait bien, de leur maître, un brave homme, puis des voisins, du pays tout entier, d'eux-mêmes, de leur village, de leur jeunesse, de leurs souvenirs, des parents qu'ils avaient quittés pour longtemps, pour toujours peut-être. Elle s'attendrit en pensant à cela, et lui, avec son idée fixe, se rappro-

chait, se frottait contre elle, frémissant tout
envahi par le désir. Elle disait :

— Y a bien longtemps que je n'ai vu maman; c'est dur tout de même d'être séparées
tant que ça.

Et son œil perdu regardait au loin, à travers l'espace, jusqu'au village abandonné là-
bas, là-bas, vers le nord.

Lui, tout à coup, la saisit par le cou et
l'embrassa de nouveau; mais, de son poing
fermé, elle le frappa en pleine figure si violemment qu'il se mit à saigner du nez; et il
se leva pour aller appuyer sa tête contre un
tronc d'arbre. Alors elle fut attendrie et, se
rapprochant de lui, elle demanda :

— Ça te fait mal?

Mais il se mit à rire. Non, ce n'était rien;
seulement elle avait tapé juste sur le milieu.
Il murmurait : «Cré coquin!» et il la regardait avec admiration, pris d'un respect, d'une
affection tout autre, d'un commencement
d'amour vrai pour cette grande gaillarde si
solide.

Quand le sang eut cessé de couler, il lui
proposa de faire un tour, craignant, s'ils restaient ainsi côte à côte, la rude poigne de sa
voisine. Mais d'elle-même elle lui prit le bras,
comme font les promis le soir, dans l'avenue,
et elle lui dit :

— Ça n'est pas bien, Jacques, de me mépriser comme ça.

Il protesta. Non, il ne la méprisait pas,
mais il était amoureux, voilà tout.

— Alors tu me veux bien en mariage? dit-
elle.

Il hésita, puis il se mit à la regarder de
côté pendant qu'elle tenait ses yeux perdus
au loin devant elle. Elle avait les joues rouges
et pleines, une large poitrine saillante sous
l'indienne de son caraco, de grosses lèvres
fraîches, et sa gorge, presque nue, était semée
de petites gouttes de sueur. Il se sentit repris
d'envie, et, la bouche dans son oreille, il
murmura :

— Oui, je veux bien.

Alors elle lui jeta ses bras au cou et elle
l'embrassa si longtemps qu'ils en perdaient
haleine tous les deux.

De ce moment commença entre eux l'éternelle histoire de l'amour. Ils se lutinaient dans
les coins; ils se donnaient des rendez-vous
au clair de la lune, à l'abri d'une meule de
foin, et ils se faisaient des bleus aux jambes, sous la table, avec leurs gros souliers
ferrés.

Puis, peu à peu, Jacques parut s'ennuyer
d'elle; il l'évitait, ne lui parlait plus guère,
ne cherchait plus à la rencontrer seule. Alors

elle fut envahie par des doutes et une grande tristesse; et, au bout de quelque temps, elle s'aperçut qu'elle était enceinte.

Elle fut consternée d'abord, puis une colère lui vint, plus forte chaque jour, parce qu'elle ne parvenait point à le trouver, tant il l'évitait avec soin.

Enfin, une nuit, comme tout le monde dormait dans la ferme, elle sortit sans bruit, en jupon, pieds nus, traversa la cour et poussa la porte de l'écurie où Jacques était couché dans une grande boîte pleine de paille au-dessus de ses chevaux. Il fit semblant de ronfler en l'entendant venir; mais elle se hissa près de lui, et, à genoux à son côté, le secoua jusqu'à ce qu'il se dressât.

Quand il se fut assis, demandant : — «Qu'est-ce que tu veux?» elle prononça, les dents serrées, tremblant de fureur : — «Je veux, je veux que tu m'épouses, puisque tu m'as promis le mariage.» Il se mit à rire et répondit : — «Ah bien! si on épousait toutes les filles avec qui on a fauté, ça ne serait pas à faire.»

Mais elle le saisit à la gorge, le renversa sans qu'il pût se débarrasser de son étreinte farouche, et, l'étranglant, elle lui cria tout près, dans la figure : — «Je suis grosse, entends-tu, je suis grosse.»

Il haletait, suffoquant; et ils restaient là
tous deux, immobiles, muets dans le silence
noir troublé seulement par le bruit de mâchoire d'un cheval qui tirait sur la paille du
râtelier, puis la broyait avec lenteur.

Quand Jacques comprit qu'elle était la plus
forte, il balbutia :

— Eh bien, je t'épouserai, puisque c'est ça.

Mais elle ne croyait plus à ses promesses.

— Tout de suite, dit-elle; tu feras publier
les bans.

Il répondit :

— Tout de suite.

— Jure-le sur le bon Dieu.

Il hésita pendant quelques secondes, puis,
prenant son parti :

— Je le jure sur le bon Dieu.

Alors elle ouvrit les doigts et, sans ajouter
une parole, s'en alla.

Elle fut quelques jours sans pouvoir lui parler, et, l'écurie se trouvant désormais fermée
à clef toutes les nuits, elle n'osait pas faire
de bruit de crainte du scandale.

Puis, un matin, elle vit entrer à la soupe
un autre valet. Elle demanda :

— Jacques est parti?

— Mais oui, dit l'autre, je suis à sa place.

Elle se mit à trembler si fort, qu'elle ne
pouvait décrocher sa marmite; puis, quand

tout le monde fut au travail, elle monta dans
sa chambre et pleura, la face dans son tra-
versin, pour n'être pas entendue.

Dans la journée, elle essaya de s'informer
sans éveiller les soupçons; mais elle était tellement obsédée par la pensée de son malheur qu'elle croyait voir rire malicieusement
tous les gens qu'elle interrogeait. Du reste,
elle ne put rien apprendre, sinon qu'il avait
quitté le pays tout à fait.

II

Alors commença pour elle une vie de tor-
ture continuelle. Elle travaillait comme une
machine, sans s'occuper de ce qu'elle faisait,
avec cette idée fixe en tête : « Si on le savait!»

Cette obsession constante la rendait tellement incapable de raisonner qu'elle ne cherchait même pas les moyens d'éviter ce scandale qu'elle sentait venir, se rapprochant
chaque jour, irréparable, et sûr comme la
mort.

Elle se levait tous les matins bien avant
les autres et, avec une persistance achar-
née, essayait de regarder sa taille dans un
petit morceau d'une glace cassée qui lui servait à se peigner, très anxieuse de savoir si
ce n'était pas aujourd'hui qu'on s'en apercevrait.

Et, pendant le jour, elle interrompait à
tout instant son travail, pour considérer du

haut en bas si l'ampleur de son ventre ne soulevait pas trop son tablier.

Les mois passaient. Elle ne parlait presque plus et, quand on lui demandait quelque chose, ne comprenait pas, effarée, l'œil hébété, les mains tremblantes; ce qui faisait dire à son maître :

— Ma pauvre fille, que t'es sotte depuis quelque temps!

A l'église, elle se cachait derrière un pilier, et n'osait plus aller à confesse, redoutant beaucoup la rencontre du curé, à qui elle prêtait un pouvoir surhumain lui permettant de lire dans les consciences.

A table, les regards de ses camarades la faisaient maintenant défaillir d'angoisse, et elle s'imaginait toujours être découverte par le vacher, un petit gars précoce et sournois dont l'œil luisant ne la quittait pas.

Un matin, le facteur lui remit une lettre. Elle n'en avait jamais reçu et resta tellement bouleversée qu'elle fut obligée de s'asseoir. C'était de lui, peut-être? Mais, comme elle ne savait pas lire, elle restait anxieuse, tremblante, devant ce papier couvert d'encre. Elle le mit dans sa poche, n'osant confier son secret à personne; et souvent elle s'arrêtait de travailler pour regarder longtemps ces lignes également espacées qu'une signature terminait, s'imaginant vaguement qu'elle allait tout à coup en découvrir le sens. Enfin, comme elle devenait folle d'impatience et d'inquiétude, elle alla trouver le maître d'école qui la fit asseoir et lut :

« Ma chère fille, la présente est pour te dire que je suis bien bas; notre voisin, maître Dentu, a pris la plume pour te mander de venir si tu peux.

« Pour ta mère affectionnée,

« CÉSAIRE DENTU, *adjoint.* »

Elle ne dit pas un mot et s'en alla; mais, sitôt qu'elle fut seule, elle s'affaissa au bord du chemin, les jambes rompues; et elle resta là jusqu'à la nuit.

En rentrant, elle raconta son malheur au fermier; qui la laissa partir pour autant de temps qu'elle voudrait, promettant de faire faire sa besogne par une fille de journée et de la reprendre à son retour.

Sa mère était à l'agonie; elle mourut le jour même de son arrivée; et, le lendemain, Rose accouchait d'un enfant de sept mois, un petit squelette affreux, maigre à donner des frissons, et qui semblait souffrir sans cesse, tant il crispait douloureusement ses pauvres mains décharnées comme des pattes de crabe.

Il vécut cependant.

Elle raconta qu'elle était mariée, mais qu'elle ne pouvait se charger du petit et elle le laissa chez des voisins qui promirent d'en avoir bien soin.

Elle revint.

Mais alors, en son cœur si longtemps meurtri, se leva, comme une aurore, un amour inconnu pour ce petit être chétif qu'elle avait laissé là-bas; et cet amour même était une souffrance nouvelle, une souffrance de toutes les heures, de toutes les minutes, puisqu'elle était séparée de lui.

Ce qui la martyrisait surtout, c'était un besoin fou de l'embrasser, de l'étreindre en ses bras, de sentir contre sa chair la chaleur de son petit corps. Elle ne dormait plus la nuit; elle y pensait tout le jour; et, le soir, son travail fini, elle s'asseyait devant le feu, qu'elle regardait fixement comme les gens qui pensent au loin.

On commençait même à jaser à son sujet, et on la plaisantait sur l'amoureux qu'elle devait avoir, lui demandant s'il était beau, s'il était grand, s'il était riche, à quand la noce, à quand le baptême? Et elle se sauvait souvent pour pleurer toute seule, car ces questions lui entraient dans la peau comme des épingles.

Pour se distraire de ces tracasseries, elle

se mit à l'ouvrage avec fureur, et, songeant toujours à son enfant, elle chercha les moyens d'amasser pour lui beaucoup d'argent.

Elle résolut de travailler si fort qu'on serait obligé d'augmenter ses gages.

Alors, peu à peu, elle accapara la besogne autour d'elle, fit renvoyer une servante qui devenait inutile depuis qu'elle peinait autant que deux, économisa sur le pain, sur l'huile et sur la chandelle, sur le grain qu'on jetait trop largement aux poules, sur le fourrage des bestiaux qu'on gaspillait un peu. Elle se montra avare de l'argent du maître comme si c'eût été le sien, et, à force de faire des marchés avantageux, de vendre cher ce qui sortait de la maison et de déjouer les ruses des paysans qui offraient leurs produits, elle eut seule le soin des achats et des ventes, la direction du travail des gens de peine, le compte des provisions; et, en peu de temps, elle devint indispensable. Elle exerçait une telle surveillance autour d'elle, que la ferme, sous sa direction, prospéra prodigieusement. On parlait à deux lieues à la ronde de la «servante à maître Vallin»; et le fermier répétait partout : «Cette fille-là, ça vaut mieux que de l'or.»

Cependant, le temps passait et ses gages restaient les mêmes. On acceptait son travail

forcé, comme une chose due par toute servante dévouée, une simple marque de bonne
volonté; et elle commença à songer avec un
peu d'amertume que si le fermier encaissait,
grâce à elle, cinquante ou cent écus de sup-
plément tous les mois, elle continuait à gagner ses 240 francs par an, rien de plus,
rien de moins.

Elle résolut de réclamer une augmentation.
Trois fois elle alla trouver le maître et, arrivée devant lui, parla d'autre chose. Elle
ressentait une sorte de pudeur à solliciter de
l'argent, comme si c'eût été une action un
peu honteuse. Enfin, un jour que le fermier
déjeunait seul dans la cuisine, elle lui dit
d'un air embarrassé qu'elle désirait lui parler
particulièrement. Il leva la tête, surpris, les
deux mains sur la table, tenant de l'une son
couteau, la pointe en l'air, et de l'autre une
bouchée de pain, et il regarda fixement sa
servante. Elle se troubla sous son regard et
demanda huit jours pour aller au pays parce
qu'elle était un peu malade.

Il les lui accorda tout de suite; puis, embarrassé lui-même, il ajouta :

— Moi aussi j'aurai à te parler quand tu
seras revenue.

III

L'enfant allait avoir huit mois : elle ne le reconnut point. Il était devenu tout rose, joufflu, potelé partout, pareil à un petit paquet de graisse vivante. Ses doigts, écartés par des bourrelets de chair, remuaient doucement dans une satisfaction visible. Elle se jeta dessus comme sur une proie, avec un emportement de bête, et elle l'embrassa si violemment qu'il se prit à hurler de peur. Alors elle se mit elle-même à pleurer parce qu'il ne la reconnaissait pas et qu'il tendait ses bras vers sa nourrice aussitôt qu'il l'apercevait.

Dès le lendemain cependant il s'accoutuma à sa figure, et il riait en la voyant. Elle l'emportait dans la campagne, courait affolée en le tenant au bout de ses mains, s'asseyait sous l'ombre des arbres; puis, pour la première fois de sa vie, et bien qu'il ne l'entendît point, elle ouvrait son cœur à quelqu'un, lui racontait ses chagrins, ses travaux, ses soucis, ses espérances, et elle le fatiguait sans cesse par la violence et l'acharnement de ses caresses.

Elle prenait une joie infinie à le pétrir dans ses mains, à le laver, à l'habiller; et elle était même heureuse de nettoyer ses saletés d'enfant, comme si ces soins intimes eussent été une confirmation de sa maternité. Elle le considérait, s'étonnant toujours qu'il fût à elle, et elle se répétait à demi-voix, en le faisant danser dans ses bras : «C'est mon petiot, c'est mon petiot.»

Elle sanglota toute la route en retournant à la ferme, et elle était à peine revenue que son maître l'appela dans sa chambre. Elle s'y rendit, très étonnée et fort émue sans savoir pourquoi.

— Assieds-toi là, dit-il.

Elle s'assit et ils restèrent pendant quelques instants à côté l'un de l'autre, embarrassés tous les deux, les bras inertes et encombrants, et sans se regarder en face, à la façon des paysans.

Le fermier, gros homme de quarante-cinq ans, deux fois veuf, jovial et têtu, éprouvait une gêne évidente qui ne lui était pas ordinaire. Enfin il se décida et se mit à parler

d'un air vague, bredouillant un peu et regardant au loin la campagne.

— Rose, dit-il, est-ce que tu n'as jamais
songé à t'établir?

Elle devint pâle comme une morte. Voyant
qu'elle ne lui répondait pas, il continua :

— Tu es une brave fille, rangée, active et
économe. Une femme comme toi, ça ferait
la fortune d'un homme.

Elle restait toujours immobile, l'œil effaré,
ne cherchant même pas à comprendre, tant
ses idées tourbillonnaient comme à l'approche d'un grand danger. Il attendit une
seconde, puis continua :

— Vois-tu, une ferme sans maîtresse, ça
ne peut pas aller, même avec une servante
comme toi.

Alors il se tut, ne sachant plus que dire;
et Rose le regardait de l'air épouvanté d'une
personne qui se croit en face d'un assassin et
s'apprête à s'enfuir au moindre geste qu'il
fera.

Enfin, au bout de cinq minutes, il demanda :

— Hé bien! ça te va-t-il?

Elle répondit avec une physionomie idiote :

— Quoi, not' maître?

Alors lui, brusquement :

— Mais de m'épouser, pardine!

Elle se dressa tout à coup, puis retomba comme cassée sur sa chaise, où elle demeura sans mouvement, pareille à quelqu'un qui aurait reçu le coup d'un grand malheur. Le fermier à la fin s'impatienta :

— Allons, voyons; qu'est-ce qu'il te faut alors?

Elle le contemplait affolée; puis, soudain, les larmes lui vinrent aux yeux, et elle répéta deux fois en suffoquant :

— Je ne peux pas, je ne peux pas!

— Pourquoi ça? demanda l'homme. Allons, ne fais pas la bête; je te donne jusqu'à demain pour réfléchir.

Et il se dépêcha de s'en aller, très soulagé d'en avoir fini avec cette démarche qui l'embarrassait beaucoup, et ne doutant pas que, le lendemain, sa servante accepterait une proposition qui était pour elle tout à fait inespérée et, pour lui, une excellente affaire, puisqu'il s'attachait ainsi à jamais une femme qui lui rapporterait certes davantage que la plus belle dot du pays.

Il ne pouvait d'ailleurs exister entre eux de scrupules de mésalliance, car, dans la campagne, tous sont à peu près égaux : le fermier laboure comme son valet, qui, le plus souvent, devient maître à son tour un jour ou l'autre, et les servantes à tout moment passent maîtresses sans que cela apporte aucun changement dans leur vie ou leurs habitudes.

Rose ne se coucha pas cette nuit-là. Elle tomba assise sur son lit, n'ayant plus même la force de pleurer, tant elle était anéantie. Elle restait inerte, ne sentant plus son corps, et l'esprit dispersé, comme si quelqu'un l'eût déchiqueté avec un de ces instruments dont se servent les cardeurs pour effiloquer la laine des matelas.

Par instants seulement elle parvenait à rassembler comme des bribes de réflexions, et elle s'épouvantait à la pensée de ce qui pouvait advenir.

Ses terreurs grandirent, et chaque fois que dans le silence assoupi de la maison la grosse horloge de la cuisine battait lentement les heures, il lui venait des sueurs d'angoisse. Sa tête se perdait, les cauchemars se succédaient, sa chandelle s'éteignit; alors commença le délire, ce délire fuyant des gens de la campagne qui se croient frappés par un sort, un besoin fou de partir, de s'échapper, de courir devant le malheur comme un vaisseau devant la tempête.

Une chouette glapit; elle tressaillit, se dressa, passa ses mains sur sa face, dans ses cheveux, se tâta le corps comme une folle; puis, avec des allures de somnambule, elle descendit. Quand elle fut dans la cour, elle rampa pour n'être point vue par quelque goujat rôdeur, car la lune, près de disparaître, jetait une lueur claire dans les champs. Au lieu d'ouvrir la barrière, elle escalada le talus; puis, quand elle fut en face de la campagne, elle partit. Elle filait droit devant elle, d'un trot élastique et précipité, et, de temps en temps, inconsciemment, elle jetait un cri perçant. Son ombre démesurée, couchée sur le sol à son côté, filait avec elle, et parfois un oiseau de nuit venait tournoyer sur sa tête. Les chiens dans les cours de fermes aboyaient en l'entendant passer; l'un d'eux sauta le fossé et la poursuivit pour la mordre; mais elle se retourna sur lui en hurlant de telle façon que l'animal épouvanté s'enfuit, se blottit dans sa loge et se tut.

Parfois une jeune famille de lièvres folâtrait dans un champ; mais, quand approchait l'enragée coureuse, pareille à une Diane en délire, les bêtes craintives se débandaient; les petits et la mère disparaissaient blottis dans un sillon, tandis que le père déboulait à toutes pattes et, parfois, faisait passer son ombre bondissante, avec ses grandes oreilles dressées, sur la lune à son coucher, qui plongeait maintenant au bout du monde et éclairait la plaine de sa lumière oblique, comme une énorme lanterne posée par terre à l'horizon.

Les étoiles s'effacèrent dans les profondeurs du ciel; quelques oiseaux pépiaient; le jour naissait. La fille, exténuée, haletait; et quand le soleil perça l'aurore empourprée, elle s'arrêta.

Ses pieds enflés se refusaient à marcher; mais elle aperçut une mare, une grande mare dont l'eau stagnante semblait du sang, sous les reflets rouges du jour nouveau, et elle alla, à petits pas, boitant, la main sur son cœur, tremper ses deux jambes dedans.

Elle s'assit sur une touffe d'herbe, ôta ses gros souliers pleins de poussière, défit ses bas, et enfonça ses mollets bleuis dans l'onde immobile où venaient parfois crever des bulles d'air.

Une fraîcheur délicieuse lui monta des talons jusqu'à la gorge; et, tout à coup, pendant qu'elle regardait fixement cette mare profonde, un vertige la saisit, un désir furieux d'y plonger tout entière. Ce serait fini de souffrir là dedans, fini pour toujours. Elle ne pensait plus à son enfant; elle voulait la paix, le repos complet, dormir sans fin. Alors elle se dressa, les bras levés, et fit deux pas en avant. Elle enfonçait maintenant jusqu'aux cuisses, et déjà elle se précipitait, quand des

piqûres ardentes aux chevilles la firent sauter
en arrière, et elle poussa un cri désespéré,
car depuis ses genoux jusqu'au bout de ses
pieds de longues sangsues noires buvaient
sa vie, se gonflaient, collées à sa chair. Elle
n'osait point y toucher et hurlait d'horreur.
Ses clameurs désespérées attirèrent un paysan
qui passait au loin avec sa voiture. Il arracha
les sangsues une à une, comprima les plaies
avec des herbes et ramena la fille dans sa carriole jusqu'à la ferme de son maître.

Elle fut pendant quinze jours au lit, puis,
le matin où elle se releva, comme elle était
assise devant la porte, le fermier vint soudain
se planter devant elle.

— Eh bien, dit-il, c'est une affaire entendue, n'est-ce pas?

Elle ne répondit point d'abord, puis,
comme il restait debout, la perçant de son
regard obstiné, elle articula péniblement :

— Non, not'maître, je ne peux pas.

Mais il s'emporta tout à coup.

— Tu ne peux pas, la fille, tu ne peux
pas, pourquoi ça?

Elle se remit à pleurer et répéta :

— Je ne peux pas. ·

Il la dévisageait, et il lui cria dans la
face :

— C'est donc que tu as un amoureux?

Elle balbutia, tremblant de honte :

— Peut-être bien que c'est ça.

L'homme, rouge comme un coquelicot, bredouillait de colère :

— Ah! tu l'avoues donc, gueuse! Et qu'est-ce que c'est, ce merle-là? Un va-nu-pieds, un sans-le-sou, un couche-dehors, un crève-la-faim? Qu'est-ce que c'est, dis?

Et, comme elle ne répondait rien :

— Ah! tu ne veux pas... Je vas te le dire, moi : c'est Jean Baudu?

Elle s'écria :

— Oh! non, pas lui.

— Alors c'est Pierre Martin?

— Oh non! not' maître.

Et il nommait éperdument tous les garçons du pays, pendant qu'elle niait, accablée, et s'essuyant les yeux à tout moment du coin de son tablier bleu. Mais lui cherchait toujours avec son obstination de brute, grattant à ce cœur pour connaître son secret, comme un chien de chasse qui fouille un terrier tout un jour pour avoir la bête qu'il sent au fond. Tout à coup l'homme s'écria :

— Eh! pardine, c'est Jacques, le valet de l'autre année; on disait bien qu'il te parlait et que vous vous étiez promis mariage.

Rose suffoqua; un flot de sang empourpra sa face; ses larmes tarirent tout à coup; elles se séchèrent sur ses joues comme des gouttes d'eau sur du fer rouge. Elle s'écria :

— Non, ce n'est pas lui, ce n'est pas lui !

— Est-ce bien sûr, ça ? demanda le paysan malin qui flairait un bout de vérité.

Elle répondit précipitamment :

— Je vous le jure, je vous le jure...

Elle cherchait sur quoi jurer, n'osant point invoquer les choses sacrées. Il l'interrompit :

— Il te suivait pourtant dans les coins et il te mangeait des yeux pendant tous les repas. Lui as-tu promis ta foi, hein, dis ?

Cette fois, elle regarda son maître en face.

— Non, jamais, jamais, et je vous jure par le bon Dieu que s'il venait aujourd'hui me demander, je ne voudrais pas de lui.

Elle avait l'air tellement sincère que le fermier hésita. Il reprit, comme se parlant à lui-même :

— Alors, quoi ? Il ne t'est pourtant pas arrivé un malheur, on le saurait. Et puisqu'il n'y a pas eu de conséquence, une fille ne refuserait pas son maître à cause de ça. Il faut pourtant qu'il y ait quelque chose.

Elle ne répondait plus rien, étranglée par une angoisse.

Il demanda encore : — « Tu ne veux point ? »

Elle soupira : —« Je n'peux pas not'maître. »
Et il tourna les talons.

Elle se crut débarrassée et passa le reste
du jour à peu près tranquille, mais aussi
rompue et exténuée que si, à la place du
vieux cheval blanc, on lui eût fait tourner
depuis l'aurore la machine à battre le grain.

Elle se coucha sitôt qu'elle le put et s'endormit tout d'un coup.

Vers le milieu de la nuit, deux mains qui
palpaient son lit la réveillèrent. Elle tressauta
de frayeur, mais elle reconnut aussitôt la voix
du fermier qui lui disait : — «N'aie pas peur,
Rose, c'est moi qui viens pour te parler. »
Elle fut d'abord étonnée; puis, comme il
essayait de pénétrer sous ses draps, elle comprit ce qu'il cherchait et se mit à trembler
très fort, se sentant seule dans l'obscurité,
encore lourde de sommeil, et toute nue, et
dans un lit, auprès de cet homme qui la voulait. Elle ne consentait pas, pour sûr, mais
elle résistait nonchalamment, luttant elle-
même contre l'instinct toujours plus puissant
chez les natures simples, et mal protégée par
la volonté indécise de ces races inertes et
molles. Elle tournait sa tête tantôt vers le
mur, tantôt vers la chambre, pour éviter les
caresses dont la bouche du fermier poursuivait la sienne, et son corps se tordait un peu

sous sa couverture, énervé par la fatigue de la lutte. Lui, devenait brutal, grisé par le désir. Il la découvrit d'un mouvement brusque. Alors elle sentit bien qu'elle ne pouvait plus résister. Obéissant à une pudeur d'autruche, elle cacha sa figure dans ses mains et cessa de se défendre.

Le fermier resta la nuit auprès d'elle. Il y revint le soir suivant, puis tous les jours.

Ils vécurent ensemble.

Un matin, il lui dit : — « J'ai fait publier les bans, nous nous marierons le mois prochain. »

Elle ne répondit pas. Que pouvait-elle dire? Elle ne résista point. Que pouvait-elle faire?

IV

Elle l'épousa. Elle se sentait enfoncée dans un trou aux bords inaccessibles, dont elle ne pourrait jamais sortir, et toutes sortes de malheurs restaient suspendus sur sa tête comme des gros rochers qui tomberaient à la première occasion. Son mari lui faisait l'effet d'un homme qu'elle avait volé et qui s'en apercevrait un jour ou l'autre. Et puis elle pensait à son petit d'où venait tout son malheur, mais d'où venait aussi tout son bonheur sur la terre.

Elle allait le voir deux fois l'an et revenait plus triste chaque fois.

Cependant, avec l'habitude, ses appréhensions se calmèrent, son cœur s'apaisa, et elle vivait plus confiante avec une vague crainte flottant encore en son âme.

Des années passèrent; l'enfant gagnait six ans. Elle était maintenant presque heureuse, quand tout à coup l'humeur du fermier s'assombrit.

Depuis deux ou trois années déjà il semblait nourrir une inquiétude, porter en lui un souci, quelque mal de l'esprit grandissant peu à peu. Il restait longtemps à table après son dîner, la tête enfoncée dans ses mains, et triste, triste, rongé par le chagrin. Sa parole devenait plus vive, brutale parfois; et il semblait même qu'il avait une arrière-pensée contre sa femme, car il lui répondait par moments avec dureté, presque avec colère.

Un jour que le gamin d'une voisine était venu chercher des œufs, comme elle le rudoyait un peu, pressée par la besogne, son mari apparut tout à coup et lui dit de sa voix méchante :

— Si c'était le tien, tu ne le traiterais pas comme ça.

Elle demeura saisie, sans pouvoir répondre, puis elle rentra, avec toutes ses angoisses réveillées.

Au dîner, le fermier ne lui parla pas, ne la regarda pas, et il semblait la détester, la mépriser, savoir quelque chose enfin.

Perdant la tête, elle n'osa point rester seule avec lui après le repas; elle se sauva et courut jusqu'à l'église.

La nuit tombait; l'étroite nef était toute sombre, mais un pas rôdait dans le silence là-bas, vers le chœur, car le sacristain préparait pour la nuit la lampe du tabernacle. Ce point de feu tremblotant, noyé dans les ténèbres de la voûte, apparut à Rose comme une dernière espérance, et, les yeux fixés sur lui, elle s'abattit à genoux.

La mince veilleuse remonta dans l'air avec un bruit de chaîne. Bientôt retentit sur le pavé un saut régulier de sabots que suivait un frôlement de corde traînant, et la maigre cloche jeta l'*Angelus* du soir à travers les brumes grandissantes. Comme l'homme allait sortir, elle le joignit.

— Monsieur le curé est-il chez lui? dit-elle.

Il répondit :

— Je crois bien, il dîne toujours à l'*Angelus*.

Alors elle poussa en tremblant la barrière du presbytère.

Le prêtre se mettait à table. Il la fit asseoir aussitôt.

— Oui, oui, je sais, votre mari m'a parlé déjà de ce qui vous amène.

La pauvre femme défaillait. L'ecclésiastique reprit :

— Que voulez-vous, mon enfant?

Et il avalait rapidement des cuillerées de soupe dont les gouttes tombaient sur sa soutane rebondie et crasseuse au ventre.

Rose n'osait plus parler, ni implorer, ni supplier; elle se leva; le curé lui dit :

— Du courage...

Et elle sortit.

Elle revint à la ferme sans savoir ce qu'elle faisait. Le maître l'attendait, les gens de peine étant partis en son absence. Alors elle tomba lourdement à ses pieds et elle gémit en versant des flots de larmes.

— Qu'est-ce que t'as contre moi ?

Il se mit à crier, jurant :

— J'ai que je n'ai pas d'éfants, nom de Dieu ! Quand on prend une femme, c'n'est pas pour rester tout seuls tous les deux jusqu'à la fin. V'là c'que j'ai. Quand une vache n'a point de viaux, c'est qu'elle ne vaut rien. Quand une femme n'a point d'éfant, c'est aussi qu'elle ne vaut rien.

Elle pleurait balbutiant, répétant :

— C'n'est point d'ma faute ! c'n'est point d'ma faute !

Alors il s'adoucit un peu et il ajouta :

— J'te dis pas, mais c'est contrariant tout de même.

V

De ce jour elle n'eut plus qu'une pensée : avoir un enfant, un autre; et elle confia son désir à tout le monde.

Une voisine lui indiqua un moyen : c'était de donner à boire à son mari, tous les soirs, un verre d'eau avec une pincée de cendres. Le fermier s'y prêta, mais le moyen ne réussit pas.

Ils se dirent : « Peut-être qu'il y a des secrets. » Et ils allèrent aux renseignements. On leur désigna un berger qui demeurait à dix lieues de là; et maître Vallin ayant attelé son tilbury partit un jour pour le consulter. Le berger lui remit un pain sur lequel il fit des signes, un pain pétri avec des herbes et dont il fallait que tous deux mangeassent un morceau, la nuit, avant comme après leurs caresses.

Le pain tout entier fut consommé sans obtenir de résultat.

Un instituteur leur dévoila des mystères, des procédés d'amour inconnus aux champs, et infaillibles, disait-il. Ils ratèrent.

Le curé conseilla un pèlerinage au précieux Sang de Fécamp. Rose alla avec la foule se prosterner dans l'abbaye, et, mêlant son vœu aux souhaits grossiers qu'exhalaient tous ces cœurs de paysans, elle supplia Celui que tous imploraient de la rendre encore une fois féconde. Ce fut en vain. Alors elle s'imagina être punie de sa première faute et une immense douleur l'envahit.

Elle dépérissait de chagrin; son mari aussi vieillissait, «se mangeait les sangs», disait-on, se consumait en espoirs inutiles.

Alors la guerre éclata entre eux. Il l'injuria, la battit. Tout le jour il la querellait, et le soir, dans leur lit, haletant, haineux, il lui jetait à la face des outrages et des ordures.

Une nuit enfin, ne sachant plus qu'inventer pour la faire souffrir davantage, il lui ordonna de se lever et d'aller attendre le jour sous la pluie devant la porte. Comme elle n'obéissait pas, il la saisit par le cou et se mit à la frapper au visage à coups de poing. Elle ne dit rien, ne remua pas. Exaspéré, il sauta à genoux sur son ventre; et, les dents serrées, fou de rage, il l'assommait. Alors elle eut un instant de révolte désespérée, et, d'un geste furieux le rejetant contre le mur, elle se dressa sur son séant, puis, la voix changée, sifflante :

— J'en ai un éfant, moi, j'en ai un ! je l'ai eu avec Jacques; tu sais bien, Jacques. Il devait m'épouser : il est parti.

L'homme, stupéfait, restait là, aussi éperdu qu'elle-même; il bredouillait :

— Qué que tu dis? qué que tu dis?

Alors elle se mit à sangloter, et à travers ses larmes ruisselantes elle balbutia :

— C'est pour ça que je ne voulais pas t'épouser, c'est pour ça. Je ne pouvais point te le dire, tu m'aurais mise sans pain avec mon petit. Tu n'en as pas, toi, d'éfant; tu ne sais pas, tu ne sais pas!

Il répétait machinalement, dans une surprise grandissante :

— T'as un éfant? t'as un éfant?

Elle prononça au milieu des hoquets :

— Tu m'a prise de force; tu le sais bien peut-être? moi je ne voulais point t'épouser.

Alors il se leva, alluma la chandelle, et se mit à marcher dans la chambre, les bras derrière le dos. Elle pleurait toujours, écroulée sur le lit. Tout à coup il s'arrêta devant elle :

— « C'est de ma faute alors si je t'en ai pas fait? » dit-il. Elle ne répondit pas. Il se remit à marcher; puis, s'arrêtant de nouveau, il demanda : — « Quel âge qu'il a ton petiot ? »

Elle murmura :

— V'là qu'il va avoir six ans.

Il demanda encore :

— Pourquoi que tu ne me l'as pas dit ?

Elle gémit :

— Est-ce que je pouvais !

Il restait debout immobile.

— Allons, lève-toi, dit-il.

Elle se redressa péniblement; puis, quand elle se fut mise sur ses pieds, appuyée au mur, il se prit à rire soudain de son gros rire des bons jours; et comme elle demeurait bouleversée, il ajouta : — « Eh bien, on ira le chercher, c't'éfant, puisque nous n'en avons pas ensemble. »

Elle eut un tel effarement que, si la force ne lui eût pas manqué, elle se serait assurément enfuie. Mais le fermier se frottait les mains et murmurait :

— Je voulais en adopter un, le v'là trouvé, le v'là trouvé. J'avais demandé au curé un orphelin.

Puis, riant toujours, il embrassa sur les deux joues sa femme éplorée et stupide, et il cria, comme si elle ne l'entendait pas :

— Allons, la mère, allons voir s'il y a encore de la soupe; moi j'en mangerai bien une potée.

Elle passa sa jupe; ils descendirent; et pendant qu'à genoux elle rallumait le feu sous la marmite, lui, radieux, continuait à marcher à grands pas dans la cuisine en répétant :

— Eh bien, vrai, ça me fait plaisir; c'est pas pour dire, mais je suis content, je suis bien content.

NOTE.

L'*Histoire d'une fille de ferme* a paru dans la *Revue politique et littéraire* du 26 mars 1881.

Cette première version diffère essentiellement en plusieurs passages du texte définitif. Certains paragraphes ont été supprimés. A la fin du chapitre III, Rose cède d'elle-même au désir de son maître.

Toute la fin de l'histoire est changée : elle voit son mari parler au curé, elle a peur; elle fait visite au curé qui lui laisse entendre... Alors elle avoue tout, en rentrant, à son mari; et l'histoire se termine comme celle du volume.

VARIANTES.

Page 55, ligne 13, vitres *grossières*...

Page 57, ligne 2, depuis *superbe se dressait*... jusqu'à *amoureux,* supprimé dans la *Revue.*

Page 59, ligne 8, quand elle *entendit marcher à son côté et elle*, etc.

Page 65, quatrième paragraphe supprimé dans la *Revue.*

Page 80, ligne 26, ... étranglée par une angoisse.

Et puis :

Mais l'homme soudain fut pris d'une rage, d'une colère furieuse de bête, et, tapant du pied :

— Eh bien, si tu ne veux pas, tu vas me ficher le camp d'ici.

Elle se vit perdue, errant, sans ouvrage, sans certificat de son dernier patron, sans pain, et son petiot mourant de faim, parce qu'elle ne pourrait plus payer. Elle murmura :

— Je veux bien, not'maître.

Elle baissa la tête et lui partit en se frottant les mains.

Elle se maria...

Page 84, ligne 1, quand tout à coup l'humeur du fermier s'assombrit. *Il la regardait par moments comme un homme qui cache une pensée mauvaise et, dans certains jours, il* restait longtemps à table après son dîner, la tête enfoncée dans ses mains et triste, triste, rongé par le chagrin. *Il était toujours bon pour elle cependant, mais comme malgré lui, et elle voyait bien qu'il ne l'aimait plus...*

UNE

PARTIE DE CAMPAGNE

UNE

PARTIE DE CAMPAGNE.

ON avait projeté depuis cinq mois d'aller déjeuner aux environs de Paris, le jour de la fête de Mme Dufour, qui s'appelait Pétronille. Aussi, comme on avait attendu cette partie impatiemment, s'était-on levé de fort bonne heure ce matin-là

M. Dufour, ayant emprunté la voiture du laitier, conduisait lui-même. La carriole, à deux roues, était fort propre; elle avait un toit supporté par quatre montants de fer où s'attachaient des rideaux qu'on avait relevés pour voir le paysage. Celui de derrière, seul, flottait au vent, comme un drapeau. La femme, à côté de son époux, s'épanouissait dans une robe de soie cerise extraordinaire. Ensuite, sur deux chaises, se tenaient une vieille grand'mère et une jeune fille. On apercevait encore la chevelure jaune d'un garçon qui, faute de siège, s'était étendu tout au fond, et dont la tête seule apparaissait.

Après avoir suivi l'avenue des Champs-Élysées et franchi les fortifications à la porte Maillot, on s'était mis à regarder la contrée.

En arrivant au pont de Neuilly, M. Dufour avait dit : — « Voici la campagne, enfin! » — et sa femme, à ce signal, s'était attendrie sur la nature.

Au rond-point de Courbevoie, une admiration les avait saisis devant l'éloignement des horizons. A droite, là-bas, c'était Argenteuil, dont le clocher se dressait; au-dessus apparaissaient les buttes de Sannois et le Moulin d'Orgemont. A gauche, l'aqueduc de Marly se dessinait sur le ciel clair du matin, et l'on apercevait aussi, de loin, la terrasse de Saint-Germain; tandis qu'en face, au bout d'une chaîne de collines, des terres remuées indiquaient le nouveau fort de Cormeilles. Tout au fond, dans un reculement formidable, par-dessus des plaines et des villages, on entrevoyait une sombre verdure de forêts.

Le soleil commençait à brûler les visages; la poussière emplissait les yeux continuellement, et, des deux côtés de la route, se développait une campagne interminablement

nue, sale et puante. On eût dit qu'une lèpre
l'avait ravagée, qui rongeait jusqu'aux maisons, car des squelettes de bâtiments défoncés
et abandonnés, ou bien des petites cabanes
inachevées faute de payement aux entrepre-
neurs, tendaient leurs quatre murs sans toit.

De loin en loin, poussaient dans le sol sté-
rile de longues cheminées de fabrique, seule
végétation de ces champs putrides où la brise
du printemps promenait un parfum de pé-
trole et de schiste mêlé à une autre odeur
moins agréable encore.

Enfin, on avait traversé la Seine une seconde fois, et, sur le pont, ç'avait été un ra-
vissement. La rivière éclatait de lumière; une
buée s'en élevait, pompée par le soleil, et
l'on éprouvait une quiétude douce, un rafraî-
chissement bienfaisant à respirer enfin un air
plus pur qui n'avait point balayé la fumée
noire des usines ou les miasmes des dépotoirs.

Un homme qui passait avait nommé le
pays : Bezons.

La voiture s'arrêta, et M. Dufour se mit à
lire l'enseigne engageante d'une gargote :
« *Restaurant Poulin, matelotes et fritures, cabinets
de société, bosquets et balançoires.* » — Eh bien!
madame Dufour, cela te va-t-il? Te déside-
ras-tu à la fin?

La femme lut à son tour : « *Restaurant Pou-*

*lin, matelotes et fritures, cabinets de société, bos-
quets et balançoires.»* Puis elle regarda la maison longuement.

C'était une auberge de campagne, blanche,
plantée au bord de la route. Elle montrait,
par la porte ouverte, le zinc brillant du comptoir devant lequel se tenaient deux ouvriers
endimanchés.

A la fin, Mme Dufour se décida : — «Oui,
c'est bien, dit-elle; et puis il y a de la vue.»
— La voiture entra dans un vaste terrain
planté de grands arbres qui s'étendait derrière l'auberge et qui n'était séparé de la
Seine que par le chemin de halage.

Alors on descendit. Le mari sauta le premier, puis ouvrit les bras pour recevoir sa
femme. Le marchepied, tenu par deux branches de fer, était très loin, de sorte que, pour
l'atteindre, Mme Dufour dut laisser voir le bas
d'une jambe dont la finesse primitive disparaissait à présent sous un envahissement de
graisse tombant des cuisses.

M. Dufour, que la campagne émoustillait
déjà, lui pinça vivement le mollet, puis, la
prenant sous les bras, la déposa lourdement
à terre, comme un énorme paquet.

Elle tapa avec la main sa robe de soie pour
en faire tomber la poussière, puis regarda
l'endroit où elle se trouvait.

C'était une femme de trente-six ans environ, forte en chair, épanouie et réjouissante
à voir. Elle respirait avec peine, étranglée
violemment par l'étreinte de son corset trop
serré; et la pression de cette machine rejetait
jusque dans son double menton la masse fluc-
tuante de sa poitrine surabondante.

La jeune fille ensuite, posant la main sur
l'épaule de son père, sauta légèrement toute
seule. Le garçon aux cheveux jaunes était
descendu en mettant un pied sur la roue, et
il aida M. Dufour à décharger la grand'mère.

Alors on détela le cheval, qui fut attaché
à un arbre; et la voiture tomba sur le nez, les
deux brancards à terre. Les hommes, ayant
retiré leurs redingotes, se lavèrent les mains
dans un seau d'eau, puis rejoignirent leurs
dames installées déjà sur les escarpolettes.

Mlle Dufour essayait de se balancer debout,
toute seule, sans parvenir à se donner un
élan suffisant. C'était une belle fille de dix-
huit à vingt ans; une de ces femmes dont la
rencontre dans la rue vous fouette d'un désir
subit, et vous laisse jusqu'à la nuit une inquiétude vague et un soulèvement des sens.
Grande, mince de taille et large des hanches,
elle avait la peau très brune, les yeux très
grands, les cheveux très noirs. Sa robe dessinait nettement les plénitudes fermes de sa

chair qu'accentuaient encore les efforts des
reins qu'elle faisait pour s'enlever. Ses bras
tendus tenaient les cordes au-dessus de sa
tête, de sorte que sa poitrine se dressait, sans
une secousse, à chaque impulsion qu'elle donnait. Son chapeau, emporté par un coup de
vent, était tombé derrière elle; et l'escarpo-
lette peu à peu se lançait, montrant à chaque
retour ses jambes fines jusqu'au genou, et
jetant à la figure des deux hommes, qui la
regardaient en riant, l'air de ses jupes, plus
capiteux que les vapeurs du vin.

Assise sur l'autre balançoire, Mme Dufour
gémissait d'une façon monotone et continue :
— « Cyprien, viens me pousser; viens donc
me pousser, Cyprien! » — A la fin, il y alla
et, ayant retroussé les manches de sa chemise, comme avant d'entreprendre un travail,
il mit sa femme en mouvement avec une
peine infinie.

Cramponnée aux cordes, elle tenait ses
jambes droites, pour ne point rencontrer le
sol, et elle jouissait d'être étourdie par le va-
et-vient de la machine. Ses formes, secouées,
tremblotaient continuellement comme de la
gelée sur un plat. Mais, comme les élans grandissaient, elle fut prise de vertige et de peur.
A chaque descente, elle poussait un cri perçant qui faisait accourir tous les gamins du

pays; et, là-bas, devant elle, au-dessus de la haie du jardin, elle apercevait vaguement une garniture de têtes polissonnes que des rires faisaient grimacer diversement.

Une servante étant venue, on commanda le déjeuner.

— «Une friture de Seine, un lapin sauté, une salade et du dessert,» articula Mme Dufour, d'un air important. — «Vous apporterez deux litres et une bouteille de bordeaux,» dit son mari. — «Nous dînerons sur l'herbe,» ajouta la jeune fille.

La grand'mère, prise de tendresse à la vue du chat de la maison, le poursuivait depuis dix minutes en lui prodiguant inutilement les plus douces appellations. L'animal, intérieurement flatté sans doute de cette attention, se tenait toujours tout près de la main de la bonne femme, sans se laisser atteindre cependant, et faisait tranquillement le tour des arbres, contre lesquels il se frottait, la queue dressée, avec un petit ronron de plaisir.

— Tiens! cria tout à coup le jeune homme aux cheveux jaunes qui furetait dans le terrain, en voilà des bateaux qui sont chouet!
— On alla voir. Sous un petit hangar en bois étaient suspendues deux superbes yoles de canotiers, fines et travaillées comme des meubles de luxe. Elles reposaient côte à côte, pa-

reilles à deux grandes filles minces, en leur longueur étroite et reluisante, et donnaient envie de filer sur l'eau par les belles soirées douces ou les claires matinées d'été, de raser les berges fleuries où des arbres entiers trempent leurs branches dans l'eau, où tremblote l'éternel frisson des roseaux et d'où s'envolent, comme des éclairs bleus, de rapides martins-pêcheurs.

Toute la famille, avec respect, les contemplait. — « Oh ! ça, oui, c'est chouet, » répéta gravement M. Dufour. Et il les détaillait en connaisseur. Il avait canoté, lui aussi, dans son jeune temps, disait-il ; voire même qu'avec ça dans la main — et il faisait le geste de tirer sur les avirons — il se fichait de tout le monde. Il avait rossé en course plus d'un Anglais, jadis, à Joinville ; et il plaisanta sur le mot « *dames* », dont on désigne les deux montants qui retiennent les avirons, disant que les canotiers, et pour cause, ne sortaient jamais sans leurs *dames*. Il s'échauffait en pérorant et proposait obstinément de parier qu'avec un bateau comme ça, il ferait six lieues à l'heure sans se presser.

— C'est prêt, — dit la servante qui apparut à l'entrée. On se précipita ; mais voilà qu'à la meilleure place, qu'en son esprit Mᵐᵉ Dufour avait choisie pour s'installer, deux

jeunes gens déjeunaient déjà. C'étaient les
propriétaires des yoles, sans doute, car ils
portaient le costume des canotiers.

Ils étaient étendus sur des chaises, presque
couchés. Ils avaient la face noircie par soleil
et la poitrine couverte seulement d'un mince
maillot de coton blanc qui laissait passer leurs
bras nus, robustes comme ceux des forgerons. C'étaient deux solides gaillards, posant
beaucoup pour la vigueur, mais qui montraient en tous leurs mouvements cette grâce
élastique des membres qu'on acquiert par
l'exercice, si différente de la déformation
qu'imprime à l'ouvrier l'effort pénible, toujours le même.

Ils échangèrent rapidement un sourire en
voyant la mère, puis un regard en apercevant
la fille. — «Donnons notre place, dit l'un, ça
nous fera faire connaissance.» — L'autre aussitôt se leva et, tenant à la main sa toque mi-
partie rouge et mi-partie noire, il offrit cheva-
leresquement de céder aux dames le seul
endroit du jardin où ne tombât point le soleil.
On accepta en se confondant en excuses; et
pour que ce fût plus champêtre, la famille
s'installa sur l'herbe sans table ni sièges.

Les deux jeunes gens portèrent leur couvert quelques pas plus loin et se remirent à
manger. Leurs bras nus, qu'ils montraient sans

cesse, gênaient un peu la jeune fille. Elle affectait même de tourner la tête et de ne point les remarquer, tandis que Mme Dufour, plus hardie, sollicitée par une curiosité féminine qui était peut-être du désir, les regardait à tout moment, les comparant sans doute avec regret aux laideurs secrètes de son mari.

Elle s'était éboulée sur l'herbe, les jambes pliées à la façon des tailleurs, et elle se trémoussait continuellement, sous prétexte que des fourmis lui étaient entrées quelque part. M. Dufour, rendu maussade par la présence et l'amabilité des étrangers, cherchait une position commode qu'il ne trouva pas du reste, et le jeune homme aux cheveux jaunes mangeait silencieusement comme un ogre.

— Un bien beau temps, monsieur, dit la grosse dame à l'un des canotiers. Elle voulait être aimable à cause de la place qu'ils avaient cédée. — «Oui, madame, répondit-il; venez-vous souvent à la campagne?»

— Oh! une fois ou deux par an seulement, pour prendre l'air; et vous, monsieur?

— J'y viens coucher tous les soirs.

— Ah! ça doit être bien agréable?

— Oui, certainement, madame.

Et il raconta sa vie de chaque jour, poétiquement, de façon à faire vibrer dans le cœur de ces bourgeois privés d'herbe et affamés de promenades aux champs cet amour bête de la nature qui les hante toute l'année derrière le comptoir de leur boutique.

La jeune fille, émue, leva les yeux et regarda le canotier. M. Dufour parla pour la première fois. — «Ça, c'est une vie,» dit-il. Il ajouta : — «Encore un peu de lapin, ma bonne. — Non, merci, mon ami.»

Elle se tourna de nouveau vers les jeunes gens, et, montrant leurs bras : — «Vous n'avez jamais froid comme ça?» dit-elle.

Ils se mirent à rire tous les deux, et ils épouvantèrent la famille par le récit de leurs fatigues prodigieuses, de leurs bains pris en sueur, de leurs courses dans le brouillard des nuits; et ils tapèrent violemment sur leur poitrine pour montrer quel son ça rendait. — «Oh! vous avez l'air solides,» dit le mari qui ne parlait plus du temps où il rossait les Anglais.

La jeune fille les examinait de côté maintenant; et le garçon aux cheveux jaunes, ayant bu de travers, toussa éperdument, arrosant la robe de soie cerise de la patronne qui se fâcha et fit apporter de l'eau pour laver les taches.

Cependant, la température devenait terrible. Le fleuve étincelant semblait un foyer de chaleur, et les fumées du vin troublaient les têtes.

M. Dufour, que secouait un hoquet violent, avait déboutonné son gilet et le haut de
son pantalon; tandis que sa femme, prise
de suffocations, dégrafait sa robe peu à peu.
L'apprenti balançait d'un air gai sa tignasse
de lin et se versait à boire coup sur coup. La
grand'mère, se sentant grise, se tenait fort
raide et fort digne. Quant à la jeune fille, elle
ne laissait rien paraître; son œil seul s'allumait vaguement, et sa peau très brune se co-
lorait aux joues d'une teinte plus rose.

Le café les acheva. On parla de chanter et
chacun dit son couplet, que les autres applau-
dirent avec frénésie. Puis on se leva difficile-
ment, et, pendant que les deux femmes,
étourdies, respiraient, les deux hommes, tout
à fait pochards, faisaient de la gymnastique.
Lourds, flasques, et la figure écarlate, ils se
pendaient gauchement aux anneaux sans parvenir à s'enlever; et leurs chemises mena-
çaient continuellement d'évacuer leurs pantalons pour battre au vent comme des étendards.

Cependant les canotiers avaient mis leurs
yoles à l'eau et ils revenaient avec politesse
proposer aux dames une promenade sur la
rivière.

— Monsieur Dufour, veux-tu? je t'en prie!
— cria sa femme. Il la regarda d'un air
d'ivrogne, sans comprendre. Alors un cano-

tier s'approcha, deux lignes de pêcheur à la main. L'espérance de prendre du goujon, cet idéal des boutiquiers, alluma les yeux mornes du bonhomme, qui permit tout ce qu'on voulut, et s'installa à l'ombre, sous le pont, les pieds ballants au-dessus du fleuve, à côté du jeune homme aux cheveux jaunes qui s'endormit auprès de lui.

Un des canotiers se dévoua : il prit la mère. — « Au petit bois de l'île aux Anglais ! » cria-t-il en s'éloignant.

L'autre yole s'en alla plus doucement. Le rameur regardait tellement sa compagne qu'il ne pensait plus à autre chose, et une émotion l'avait saisi qui paralysait sa vigueur.

La jeune fille, assise dans le fauteuil du barreur, se laissait aller à la douceur d'être sur l'eau. Elle se sentait prise d'un renoncement de pensée, d'une quiétude de ses membres, d'un abandonnement d'elle-même, comme envahie par une ivresse multiple. Elle était devenue fort rouge, avec une respiration courte. Les étourdissements du vin, développés par la chaleur torrentielle qui ruisselait autour d'elle, faisaient saluer sur son passage tous les arbres de la berge. Un besoin vague de jouissance, une fermentation du sang parcouraient sa chair excitée par les ardeurs de ce jour ; et elle était aussi troublée dans ce tête-à-tête sur l'eau, au milieu de ce pays dépeuplé par l'incendie du ciel, avec ce jeune homme qui la trouvait belle, dont l'œil lui baisait la peau, et dont le désir était pénétrant comme le soleil.

Leur impuissance à parler augmentait leur émotion, et ils regardaient les environs. Alors, faisant un effort, il lui demanda son nom. — « Henriette, » dit-elle. — Tiens! moi je m'appelle Henri, » reprit-il.

Le son de leur voix les avait calmés; ils s'intéressèrent à la rive. L'autre yole s'était arrêtée et paraissait les attendre. Celui qui la montait cria : — « Nous vous rejoindrons dans le bois; nous allons jusqu'à Robinson, parce que Madame a soif. » — Puis il se coucha sur les avirons et s'éloigna si rapidement qu'on cessa bientôt de le voir.

Cependant un grondement continu qu'on distinguait vaguement depuis quelque temps s'approchait très vite. La rivière elle-même semblait frémir comme si le bruit sourd montait de ses profondeurs.

— Qu'est-ce qu'on entend? demanda-t-elle. C'était la chute du barrage qui coupait le fleuve en deux à la pointe de l'île. Lui se perdait dans une explication lorsque, à travers le fracas de la cascade, un chant d'oiseau qui semblait très lointain les frappa. —

« Tiens! dit-il, les rossignols chantent dans le jour : c'est donc que les femelles couvent. »

Un rossignol! Elle n'en avait jamais entendu, et l'idée d'en écouter un fit se lever dans son cœur la vision des poétiques tendresses. Un rossignol! c'est-à-dire l'invisible témoin des rendez-vous d'amour qu'invoquait Juliette sur son balcon; cette musique du ciel accordée aux baisers des hommes; cet éternel inspirateur de toutes les romances langoureuses qui ouvrent un idéal bleu aux pauvres petits cœurs des fillettes attendries!

Elle allait donc entendre un rossignol.

— Ne faisons pas de bruit, dit son compagnon, nous pourrons descendre dans le bois et nous asseoir tout près de lui.

La yole semblait glisser. Des arbres se montrèrent sur l'île, dont la berge était si basse que les yeux plongeaient dans l'épaisseur des fourrés. On s'arrêta; le bateau fut attaché; et, Henriette s'appuyant sur le bras de Henri, ils s'avancèrent entre les branches.
— « Courbez-vous, » dit-il. Elle se courba, et ils pénétrèrent dans un inextricable fouillis de lianes, de feuilles et de roseaux, dans un asile introuvable qu'il fallait connaître et que le jeune homme appelait en riant « son cabinet particulier ».

Juste au-dessus de leur tête, perché dans

un des arbres qui les abritaient, l'oiseau s'égo-
sillait toujours. Il lançait des trilles et des roulades, puis filait de grands sons vibrants qui
emplissaient l'air et semblaient se perdre à
l'horizon, se déroulant le long du fleuve et
s'envolant au-dessus des plaines, à travers le
silence de feu qui appesantissait la campagne.

Ils ne parlaient pas de peur de le faire fuir.
Ils étaient assis l'un près de l'autre, et, lentement, le bras de Henri fit le tour de la
taille de Henriette et l'enserra d'une pression
douce. Elle prit, sans colère, cette main au-
dacieuse, et elle l'éloignait sans cesse à mesure qu'il la rapprochait, n'éprouvant du
reste aucun embarras de cette caresse,
comme si c'eût été une chose toute naturelle
qu'elle repoussait aussi naturellement.

Elle écoutait l'oiseau, perdue dans une ex-
tase. Elle avait des désirs infinis de bonheur,
des tendresses brusques qui la traversaient,
des révélations de poésies surhumaines, et un
tel amollissement des nerfs et du cœur, qu'elle
pleurait sans savoir pourquoi. Le jeune homme
la serrait contre lui maintenant; elle ne le repoussait plus, n'y pensant pas.

Le rossignol se tut soudain. Une voix éloi-
gnée cria : — « Henriette! »

— Ne répondez point, dit-il tout bas, vous
feriez envoler l'oiseau.

Elle ne songeait guère non plus à répondre.

Ils restèrent quelque temps ainsi. Mme Dufour s'était assise quelque part, car on entendait vaguement, de temps en temps, les petits cris de la grosse dame que lutinait sans doute l'autre canotier.

La jeune fille pleurait toujours, pénétrée de sensations très douces, la peau chaude et piquée partout de chatouillements inconnus. La tête de Henri était sur son épaule; et, brusquement, il la baisa sur les lèvres. Elle eut une révolte furieuse et, pour l'éviter, se rejeta sur le dos. Mais il s'abattit sur elle, la couvrant de tout son corps. Il poursuivit longtemps cette bouche qui le fuyait, puis, la joignant, y attacha la sienne. Alors, affolée par un désir formidable, elle lui rendit son baiser en l'étreignant sur sa poitrine, et toute sa résistance s'abattit comme écrasée par un poids trop lourd.

Tout était calme aux environs. L'oiseau se remit à chanter. Il jeta d'abord trois notes pénétrantes qui semblaient un appel d'amour, puis, après un silence d'un moment, il commença d'une voix affaiblie des modulations très lentes.

Une brise molle glissa, soulevant un murmure de feuilles, et dans la profondeur des

branches passaient deux soupirs ardents qui
se mêlaient au chant du rossignol et au souffle
léger du bois.

Une ivresse envahissait l'oiseau, et sa voix,
s'accélérant peu à peu comme un incendie
qui s'allume ou une passion qui grandit, semblait accompagner sous l'arbre un crépitement
de baisers. Puis le délire de son gosier se dé-
chaînait éperdument. Il avait des pâmoisons
prolongées sur un trait, de grands spasmes
mélodieux.

Quelquefois il se reposait un peu, filant
seulement deux ou trois sons légers qu'il terminait soudain par une note suraiguë. Ou
bien il partait d'une course affolée, avec des
jaillissements de gammes, des frémissements,
des saccades, comme un chant d'amour furieux, suivi par des cris de triomphe.

Mais il se tut, écoutant sous lui un gémis-
sement tellement profond qu'on l'eût pris
pour l'adieu d'une âme. Le bruit s'en prolon-
gea quelque temps et s'acheva dans un san-
glot.

Ils étaient bien pâles, tous les deux, en
quittant leur lit de verdure. Le ciel bleu leur
paraissait obscurci; l'ardent soleil était éteint
pour leurs yeux; ils s'apercevaient de la solitude et du silence. Ils marchaient rapidement
l'un près de l'autre, sans se parler, sans se

toucher, car ils semblaient devenus ennemis irréconciliables, comme si un dégoût se fût élevé entre leurs corps, une haine entre leurs esprits.

De temps à autre, Henriette criait : — « Maman ! »

Un tumulte se fit sous un buisson. Henri crut voir une jupe blanche qu'on rabattait vite sur un gros mollet; et l'énorme dame apparut, un peu confuse et plus rouge encore, l'œil très brillant et la poitrine orageuse, trop près peut-être de son voisin. Celui-ci devait avoir vu des choses bien drôles, car sa figure était sillonnée de rires subits qui la traversaient malgré lui.

Mme Dufour prit son bras d'un air tendre, et l'on regagna les bateaux. Henri, qui marchait devant, toujours muet à côté de la jeune fille, crut distinguer tout à coup comme un gros baiser qu'on étouffait.

Enfin l'on revint à Bezons.

M. Dufour, dégrisé, s'impatientait. Le jeune homme aux cheveux jaunes mangeait un morceau avant de quitter l'auberge. La voiture était attelée dans la cour, et la grand'mère, déjà montée, se désolait parce qu'elle avait peur d'être prise par la nuit dans la plaine, les environs de Paris n'étant pas sûrs.

On se donna des poignées de main, et la

8

famille Dufour s'en alla. — «Au revoir!»
criaient les canotiers. Un soupir et une larme
leur répondirent.

Deux mois après, comme il passait rue des
Martyrs, Henri lut sur une porte : *Dufour,
quincaillier.*

Il entra.

La grosse dame s'arrondissait au comptoir.
On se reconnut aussitôt, et, après mille poli-
tesses, il demanda des nouvelles. — «Et mademoiselle Henriette, comment va-t-elle?

— Très bien, merci; elle est mariée.

— Ah!...

Une émotion l'étreignit; il ajouta :

— Et... avec qui?

— Mais avec le jeune homme qui nous
accompagnait, vous savez bien; c'est lui qui
prend la suite.

— Oh! parfaitement.

Il s'en allait fort triste, sans trop savoir pourquoi. Mme Dufour le rappela.

— Et votre ami? dit-elle timidement.

— Mais il va bien.

— Faites-lui nos compliments, n'est-ce
pas; et quand il passera, dites-lui donc de
venir nous voir...

Elle rougit fort, puis ajouta : — «Ça me
fera bien plaisir; dites-lui.»

— Je n'y manquerai pas. Adieu!
— Non... à bientôt!

L'année suivante, un dimanche qu'il faisait très chaud, tous les détails de cette aventure, que Henri n'avait jamais oubliée, lui revinrent subitement, si nets et si désirables, qu'il retourna tout seul à leur chambre dans le bois.

Il fut stupéfait en entrant. Elle était là, assise sur l'herbe, l'air triste, tandis qu'à son côté, toujours en manches de chemise, son mari, le jeune homme aux cheveux jaunes, dormait consciencieusement comme une brute.

Elle devint si pâle en voyant Henri qu'il crut qu'elle allait défaillir. Puis ils se mirent à causer naturellement, de même que si rien ne se fût passé entre eux.

Mais comme il lui racontait qu'il aimait beaucoup cet endroit et qu'il y venait souvent se reposer, le dimanche, en songeant à bien des souvenirs, elle le regarda longuement dans les yeux.

— Moi, j'y pense tous les soirs, dit-elle.

— Allons, ma bonne, reprit en bâillant son mari, je crois qu'il est temps de nous en aller.

LE PAPA DE SIMON

LE PAPA DE SIMON.

MIDI finissait de sonner. La porte de l'école s'ouvrit, et les gamins se précipitèrent en se bousculant pour sortir plus vite. Mais au lieu de se disperser rapidement et de rentrer dîner, comme ils le faisaient chaque jour, ils s'arrêtèrent à quelques pas, se réunirent par groupes et se mirent à chuchoter.

C'est que, ce matin-là, Simon, le fils de la Blanchotte, était venu à la classe pour la première fois.

Tous avaient entendu parler de la Blanchotte dans leurs familles; et quoiqu'on lui fît bon accueil en public, les mères la traitaient entre elles avec une sorte de compassion un peu méprisante qui avait gagné les enfants sans qu'ils sussent du tout pourquoi.

Quant à Simon, ils ne le connaissaient pas, car il ne sortait jamais et il ne galopinait point avec eux dans les rues du village ou sur les bords de la rivière. Aussi ne l'aimaient-ils guère; et c'était avec une certaine joie, mêlée d'un étonnement considérable, qu'ils avaient accueilli et qu'ils s'étaient répété l'un à l'autre cette parole dite par un gars de quatorze ou quinze ans qui paraissait en savoir long tant il clignait finement des yeux :

— Vous savez... Simon... eh bien, il n'a pas de papa.

Le fils de la Blanchotte parut à son tour sur le seuil de l'école.

Il avait sept ou huit ans. Il était un peu pâlot, très propre, avec l'air timide, presque gauche.

Il s'en retournait chez sa mère quand les groupes de ses camarades, chuchotant toujours et le regardant avec les yeux malins et cruels des enfants qui méditent un mauvais coup, l'entourèrent peu à peu et finirent par l'enfermer tout à fait. Il restait là, planté au milieu d'eux, surpris et embarrassé, sans comprendre ce qu'on allait lui faire. Mais le gars qui avait apporté la nouvelle, enorgueilli du succès obtenu déjà, lui demanda :

— Comment t'appelles-tu, toi?

Il répondit : — « Simon. »

— Simon quoi? reprit l'autre.

L'enfant répéta tout confus : — «Simon.»

Le gars lui cria : — «On s'appelle Simon quelque chose... c'est pas un nom ça... Si-mon.»

Et lui, prêt à pleurer, répondit pour la troisième fois :

— Je m'appelle Simon.

Les galopins se mirent à rire. Le gars triomphant éleva la voix : — «Vous voyez bien qu'il n'a pas de papa.»

Un grand silence se fit. Les enfants étaient stupéfaits par cette chose extraordinaire, impossible, monstrueuse, — un garçon qui n'a pas de papa; — ils le regardaient comme un phénomène, un être hors de la nature, et ils sentaient grandir en eux ce mépris, inexpliqué jusque-là, de leurs mères pour la Blanchotte.

Quant à Simon, il s'était appuyé contre un arbre pour ne pas tomber; et il restait comme atterré par un désastre irréparable. Il cherchait à s'expliquer. Mais il ne pouvait rien trouver pour leur répondre, et démentir cette chose affreuse qu'il n'avait pas de papa. Enfin, livide, il leur cria à tout hasard : — «Si, j'en ai un.»

— Où est-il? demanda le gars.

Simon se tut; il ne savait pas. Les enfants

riaient, très excités; et ces fils des champs, plus proches des bêtes, éprouvaient ce besoin cruel qui pousse les poules d'une basse-cour à achever l'une d'entre elles aussitôt qu'elle est blessée. Simon avisa tout à coup un petit voisin, le fils d'une veuve, qu'il avait toujours vu, comme lui-même, tout seul avec sa mère.

— Et toi non plus, dit-il, tu n'as pas de papa.

— Si, répondit l'autre, j'en ai un.

— Où est-il? riposta Simon.

— Il est mort, déclara l'enfant avec une fierté superbe, il est au cimetière, mon papa.

Un murmure d'approbation courut parmi les garnements, comme si ce fait d'avoir son père mort au cimetière eût grandi leur camarade pour écraser cet autre qui n'en avait point du tout. Et ces polissons, dont les pères étaient, pour la plupart, méchants, ivrognes, voleurs et durs à leurs femmes, se bousculaient en se serrant de plus en plus, comme si eux, les légitimes, eussent voulu étouffer dans une pression celui qui était hors la loi.

L'un, tout à coup, qui se trouvait contre Simon, lui tira la langue d'un air narquois et lui cria :

— Pas de papa! pas de papa!

Simon le saisit à deux mains aux cheveux
et se mit à lui cribler les jambes de coups de
pieds, pendant qu'il lui mordait la joue cruel-
lement. Il se fit une bousculade énorme. Les
deux combattants furent séparés, et Simon
se trouva frappé, déchiré, meurtri, roulé par
terre, au milieu du cercle des galopins qui
applaudissaient. Comme il se relevait, en net-
toyant machinalement avec sa main sa petite
blouse toute sale de poussière, quelqu'un lui
cria :

— Va le dire à ton papa.

Alors il sentit dans son cœur un grand
écroulement. Ils étaient plus forts que lui,
ils l'avaient battu, et il ne pouvait point leur
répondre, car il sentait bien que c'était vrai
qu'il n'avait pas de papa. Plein d'orgueil, il
essaya pendant quelques secondes de lutter
contre les larmes qui l'étranglaient. Il eut une
suffocation, puis, sans cris, il se mit à pleurer
par grands sanglots qui le secouaient précipitamment.

Alors une joie féroce éclata chez ses ennemis, et naturellement, ainsi que les sau-
vages dans leurs gaietés terribles, ils se prirent
par la main et se mirent à danser en rond
autour de lui, en répétant eomme un refrain :
— «Pas de papa! pas de papa!»

Mais Simon tout à coup cessa de sanglo-

ter. Une rage l'affola. Il y avait des pierres
sous ses pieds; il les ramassa et, de toutes ses
forces, les lança contre ses bourreaux. Deux
ou trois furent atteints et se sauvèrent en
criant; et il avait l'air tellement formidable
qu'une panique eut lieu parmi les autres.
Lâches, comme l'est toujours la foule devant
un homme exaspéré, ils se débandèrent et
s'enfuirent.

Resté seul, le petit enfant sans père se mit
à courir vers les champs, car un souvenir lui
était venu qui avait amené dans son esprit
une grande résolution. Il voulait se noyer dans
la rivière.

Il se rappelait en effet que, huit jours auparavant, un pauvre diable qui mendiait sa
vie s'était jeté dans l'eau parce qu'il n'avait
plus d'argent. Simon était là lorsqu'on le
repêchait; et le triste bonhomme, qui lui
semblait ordinairement lamentable, mal-
propre et laid, l'avait alors frappé par son
air tranquille, avec ses joues pâles, sa longue
barbe mouillée et ses yeux ouverts, très
calmes. On avait dit alentour : — «Il est
mort.» — Quelqu'un avait ajouté : — «Il
est bien heureux maintenant.» — Et Simon
voulait aussi se noyer, parce qu'il n'avait pas
de père, comme ce misérable qui n'avait
pas d'argent.

Il arriva tout près de l'eau et la regarda
couler. Quelques poissons folâtraient, rapides,
dans le courant clair, et, par moments, faisaient un petit bond et happaient des mouches voltigeant à la surface. Il cessa de pleurer
pour les voir, car leur manège l'intéressait
beaucoup. Mais, parfois, comme dans les
accalmies d'une tempête passent tout à coup
de grandes rafales de vent qui font craquer
les arbres et se perdent à l'horizon, cette
pensée lui revenait avec une douleur aiguë :
— « Je vais me noyer parce que je n'ai point
de papa. »

Il faisait très chaud, très bon. Le doux soleil chauffait l'herbe. L'eau brillait comme un
miroir. Et Simon avait des minutes de béati-
tude, de cet alanguissement qui suit les larmes,
où il lui venait de grandes envies de s'endormir là, sur l'herbe, dans la chaleur.

Une petite grenouille verte sauta sous ses
pieds. Il essaya de la prendre. Elle lui échappa.
Il la poursuivit et la manqua trois fois de suite.
Enfin il la saisit par l'extrémité de ses pattes
de derrière et il se mit à rire en voyant les
efforts que faisait la bête pour s'échapper.
Elle se ramassait sur ses grandes jambes, puis,
d'une détente brusque, les allongeait subitement, roides comme deux barres ; tandis que,
l'œil tout rond avec son cercle d'or, elle

battait l'air de ses pattes de devant qui
s'agitaient comme des mains. Cela lui rappela un joujou fait avec d'étroites planchettes
de bois clouées en zigzag les unes sur les
autres, qui, par un mouvement semblable,
conduisaient l'exercice de petits soldats piqués
dessus. Alors, il pensa à sa maison, puis à sa
mère, et, pris d'une grande tristesse, il recommença à pleurer. Des frissons lui passaient
dans les membres; il se mit à genoux et récita
sa prière comme avant de s'endormir. Mais il
ne put l'achever, car des sanglots lui revinrent
si pressés, si tumultueux, qu'ils l'envahirent
tout entier. Il ne pensait plus; il ne voyait
plus rien autour de lui et il n'était occupé
qu'à pleurer.

Soudain, une lourde main s'appuya sur son
épaule et une grosse voix lui demanda : —
«Qu'est-ce qui te fait donc tant de chagrin,
mon bonhomme?»

Simon se retourna. Un grand ouvrier qui
avait une barbe et des cheveux noirs tout frisés le regardait d'un air bon. Il répondit avec
des larmes plein les yeux et plein la gorge :

— Ils m'ont battu... parce que... je... je...
n'ai pas... de papa... pas de papa...

— Comment, dit l'homme en souriant,
mais tout le monde en a un.

L'enfant reprit péniblement au milieu des

spasmes de son chagrin : — «Moi... moi...
je n'en ai pas.»

Alors l'ouvrier devint grave; il avait re-
connu le fils de la Blanchotte, et, quoique
nouveau dans le pays, il savait vaguement
son histoire.

— Allons, dit-il, console-toi, mon garçon,
et viens-t'en avec moi chez ta maman. On
t'en donnera... un papa.

Ils se mirent en route, le grand tenant le
petit par la main, et l'homme souriait de nouveau, car il n'était pas fâché de voir cette
Blanchotte, qui était, contait-on, une des plus
belles filles du pays; et il se disait peut-être,
au fond de sa pensée, qu'une jeunesse qui
avait failli pouvait bien faillir encore.

Ils arrivèrent devant une petite maison
blanche, très propre.

— C'est là, dit l'enfant, et il cria : — «Maman!»

Une femme se montra, et l'ouvrier cessa
brusquement de sourire, car il comprit tout
de suite qu'on ne badinait plus avec cette
grande fille pâle qui restait sévère sur sa porte,
comme pour défendre à un homme le seuil
de cette maison où elle avait été déjà trahie
par un autre. Intimidé et sa casquette à la
main, il balbutia :

— Tenez, madame, je vous ramène votre

petit garçon qui s'était perdu près de la rivière.

Mais Simon sauta au cou de sa mère et lui dit en se remettant à pleurer :

— Non, maman, j'ai voulu me noyer, parce que les autres m'ont battu... m'ont battu... parce que je n'ai pas de papa.

Une rougeur cuisante couvrit les joues de la jeune femme, et, meurtrie jusqu'au fond de sa chair, elle embrassa son enfant avec violence pendant que des larmes rapides lui coulaient sur la figure. L'homme ému restait là, ne sachant comment partir. Mais Simon soudain courut vers lui et lui dit :

— Voulez-vous être mon papa ?

Un grand silence se fit. La Blanchotte, muette et torturée de honte, s'appuyait contre le mur, les deux mains sur son cœur. L'enfant, voyant qu'on ne lui répondait point, reprit :

— Si vous ne voulez pas, je retournerai me noyer.

L'ouvrier prit la chose en plaisanterie et répondit en riant :

— Mais oui, je veux bien.

— Comment est-ce que tu t'appelles, demanda alors l'enfant, pour que je réponde aux autres quand ils voudront savoir ton nom ?

— Philippe, répondit l'homme.

Simon se tut une seconde pour bien faire entrer ce nom-là dans sa tête, puis il tendit les bras, tout consolé, en disant :

— Eh bien! Philippe, tu es mon papa.

L'ouvrier, l'enlevant de terre, l'embrassa brusquement sur les deux joues, puis il s'enfuit très vite à grandes enjambées.

Quand l'enfant entra dans l'école, le lendemain, un rire méchant l'accueillit; et à la sortie, lorsque le gars voulut recommencer, Simon lui jeta ces mots à la tête, comme il aurait fait d'une pierre : — «Il s'appelle Philippe, mon papa.»

Des hurlements de joie jaillirent de tous les côtés :

— Philippe qui?... Philippe quoi?... Qu'est-ce que c'est que ça, Philippe?... Où l'as-tu pris ton Philippe?

Simon ne répondit rien; et, inébranlable dans sa foi, il les défiait de l'œil, prêt à se laisser martyriser plutôt que de fuir devant eux. Le maître d'école le délivra et il retourna chez sa mère.

Pendant trois mois, le grand ouvrier Philippe passa souvent auprès de la maison de la Blanchotte et, quelquefois, il s'enhardissait à lui parler lorsqu'il la voyait cousant auprès de sa fenêtre. Elle lui répondait poliment, toujours grave, sans rire jamais avec

lui, et sans le laisser entrer chez elle. Cependant, un peu fat, comme tous les
hommes, il s'imagina qu'elle était souvent
plus rouge que de coutume lorsqu'elle causait
avec lui.

Mais une réputation tombée est si pénible
à refaire et demeure toujours si fragile, que,
malgré la réserve ombrageuse de la Blanchotte, on jasait déjà dans le pays.

Quant à Simon, il aimait beaucoup son
nouveau papa et se promenait avec lui presque tous les soirs, la journée finie. Il allait
assidûment à l'école et passait au milieu de
ses camarades fort digne, sans leur répondre
jamais.

Un jour, pourtant, le gars qui l'avait atta-
qué le premier lui dit :

— Tu as menti, tu n'as pas un papa qui
s'appelle Philippe.

— Pourquoi ça? — demanda Simon très
ému.

Le gars se frottait les mains. Il reprit :

— Parce que si tu en avais un, il serait le
mari de ta maman.

Simon se troubla devant la justesse de ce
raisonnement, néanmoins il répondit : —
«C'est mon papa tout de même.»

— Ça se peut bien, dit le gars en ricanant, mais ce n'est pas ton papa tout à fait.

Le petit à la Blanchotte courba la tête et
s'en alla rêveur du côté de la forge au père
Loizon, où travaillait Philippe.

Cette forge était comme ensevelie sous
des arbres. Il y faisait très sombre; seule,
la lueur rouge d'un foyer formidable éclairait
par grands reflets cinq forgerons aux bras
nus qui frappaient sur leurs enclumes avec
un terrible fracas. Ils se tenaient debout, enflammés comme des démons, les yeux fixés
sur le fer ardent qu'ils torturaient; et leur
lourde pensée montait et retombait avec leurs
marteaux.

Simon entra sans être vu et alla tout doucement tirer son ami par la manche. Celui-ci
se retourna. Soudain le travail s'interrompit,
et tous les hommes regardèrent, très attentifs. Alors, au milieu de ce silence inaccoutumé, monta la petite voix frêle de Simon.

— Dis donc, Philippe, le gars à la Mi-
chaude qui m'a conté tout à l'heure que tu
n'étais pas mon papa tout à fait.

— Pourquoi ça? demanda l'ouvrier.

L'enfant répondit avec toute sa naïveté :

— Parce que tu n'es pas le mari de maman.

Personne ne rit. Philippe resta debout,
appuyant son front sur le dos de ses grosses
mains que supportait le manche de son marteau dressé sur l'enclume. Il rêvait. Ses quatre

compagnons le regardaient et, tout petit
entre ces géants, Simon, anxieux, attendait.
Tout à coup, un des forgerons, répondant à
la pensée de tous, dit à Philippe :

— C'est tout de même une bonne et brave
fille que la Blanchotte, et vaillante et rangée
malgré son malheur, et qui serait une digne
femme pour un honnête homme.

— Ça, c'est vrai, dirent les trois autres.
L'ouvrier continua :

— Est-ce sa faute, à cette fille, si elle a
failli? On lui avait promis mariage, et j'en
connais plus d'une qu'on respecte bien aujourd'hui et qui en a fait tout autant.

— Ça, c'est vrai, répondirent en chœur
les trois hommes.

Il reprit : — «Ce qu'elle a peiné, la pauvre,
pour élever son gars toute seule, et ce qu'elle
a pleuré depuis qu'elle ne sort plus que pour
aller à l'église, il n'y a que le bon Dieu qui
le sait.»

— C'est encore vrai, dirent les autres.

Alors on n'entendit plus que le soufflet qui
activait le feu du foyer. Philippe, brusquement, se pencha vers Simon :

— «Va dire à ta maman que j'irai lui parler ce soir.»

Puis il poussa l'enfant dehors par les
épaules.

Il revint à son travail et, d'un seul coup, les cinq marteaux retombèrent ensemble sur les enclumes. Ils battirent ainsi le fer jusqu'à la nuit, forts, puissants, joyeux comme des marteaux satisfaits. Mais, de même que le bourdon d'une cathédrale résonne dans les jours de fête au-dessus du tintement des autres cloches, ainsi le marteau de Philippe, dominant le fracas des autres, s'abattait de seconde en seconde avec un vacarme assourdissant. Et lui, l'œil allumé, forgeait passionnément, debout dans les étincelles.

Le ciel était plein d'étoiles quand il vint frapper à la porte de la Blanchotte. Il avait sa blouse des dimanches, une chemise fraîche et la barbe faite. La jeune femme se montra sur le seuil et lui dit d'un air peiné : — « C'est mal de venir ainsi la nuit tombée, monsieur Philippe. »

Il voulut répondre, balbutia et resta confus devant elle.

Elle reprit : — « Vous comprenez bien pourtant qu'il ne faut plus que l'on parle de moi. »

Alors, lui, tout à coup :

— Qu'est-ce que ça fait, dit-il, si vous voulez être ma femme !

Aucune voix ne lui répondit, mais il crut entendre dans l'ombre de la chambre le bruit

d'un corps qui s'affaissait. Il entra bien vite;
et Simon, qui était couché dans son lit, dis-
tingua le son d'un baiser et quelques mots
que sa mère murmurait bien bas. Puis, tout
à coup, il se sentit enlevé dans les mains de
son ami, et celui-ci, le tenant au bout de ses
bras d'hercule, lui cria :

— Tu leur diras, à tes camarades, que
ton papa c'est Philippe Remy, le forgeron,
et qu'il ira tirer les oreilles à tous ceux qui te
feront du mal.

Le lendemain, comme l'école était pleine
et que la classe allait commencer, le petit
Simon se leva, tout pâle et les lèvres tremblantes : — «Mon papa, dit-il d'une voix
claire, c'est Philippe Remy, le forgeron, et il
a promis qu'il tirerait les oreilles à tous ceux
qui me feraient du mal.»

Cette fois, personne ne rit plus, car on le
connaissait bien ce Philippe Remy, le forgeron, et c'était un papa, celui-là, dont tout le
monde eût été fier.

EN FAMILLE

EN FAMILLE.

LE tramway de Neuilly venait de passer la porte Maillot et il filait maintenant tout le long de la grande avenue qui aboutit à la Seine. La petite machine, attelée à son wagon, cornait pour éviter les obstacles, crachait sa vapeur, haletait comme une personne essoufflée qui court; et ses pistons faisaient un bruit précipité de jambes de fer en mouvement. La lourde chaleur d'une fin de journée d'été tombait sur la route d'où s'élevait, bien qu'aucune brise ne soufflât, une poussière blanche, crayeuse, opaque, suffocante et chaude, qui se collait sur la peau moite, emplissait les yeux, entrait dans les poumons.

Des gens venaient sur leurs portes, cherchant de l'air.

Les glaces de la voiture étaient baissées, et tous les rideaux flottaient agités par la course rapide. Quelques personnes seulement occupaient l'intérieur (car on préférait, par ces jours chauds, l'impériale ou les plates-formes). C'étaient de grosses dames aux toilettes farces, de ces bourgeoises de banlieue qui remplacent la distinction dont elles manquent par une dignité intempestive; des messieurs las du bureau, la figure jaunie, la taille tournée, une épaule un peu remontée par les longs travaux courbés sur les tables. Leurs faces inquiètes et tristes disaient encore les soucis domestiques, les incessants besoins d'argent, les anciennes espérances définitivement déçues; car tous appartenaient à cette armée de pauvres diables râpés qui végètent économiquement dans une chétive maison de plâtre, avec une plate-bande pour jardin, au milieu de cette campagne à dépotoirs qui borde Paris.

Tout près de la portière, un homme petit et gros, la figure bouffie, le ventre tombant entre ses jambes ouvertes, tout habillé de noir et décoré, causait avec un grand maigre d'aspect débraillé, vêtu de coutil blanc très sale et coiffé d'un vieux panama. Le premier parlait lentement, avec des hésitations qui le faisaient parfois paraître bègue; c'était M. Ca-

ravan, commis principal au Ministère de la
marine. L'autre, ancien officier de santé à
bord d'un bâtiment de commerce, avait fini
par s'établir au rond-point de Courbevoie où
il appliquait sur la misérable population de
ce lieu les vagues connaissances médicales
qui lui restaient après une vie aventureuse.
Il se nommait Chenet et se faisait appeler
docteur. Des rumeurs couraient sur sa mora-
lité.

M. Caravan avait toujours mené l'existence
normale des bureaucrates. Depuis trente ans,
il venait invariablement à son bureau, chaque
matin, par la même route, rencontrant, à la
même heure, aux mêmes endroits, les mêmes
figures d'hommes allant à leurs affaires; et il
s'en retournait, chaque soir, par le même
chemin où il retrouvait encore les mêmes visages qu'il avait vus vieillir.

Tous les jours, après avoir acheté sa feuille
d'un sou à l'encoignure du faubourg Saint-
Honoré, il allait chercher ses deux petits
pains, puis il entrait au ministère à la façon
d'un coupable qui se constitue prisonnier; et
il gagnait son bureau vivement, le cœur plein
d'inquiétude, dans l'attente éternelle d'une
réprimande pour quelque négligence qu'il
aurait pu commettre.

Rien n'était jamais venu modifier l'ordre

monotone de son existence; car aucun événement ne le touchait en dehors des affaires
du bureau, des avancements et des gratifica-
tions. Soit qu'il fût au ministère, soit qu'il fût
dans sa famille (car il avait épousé, sans dot,
la fille d'un collègue), il ne parlait jamais que
du service. Jamais son esprit atrophié par la
besogne abêtissante et quotidienne n'avait
plus d'autres pensées, d'autres espoirs, d'autres
rêves, que ceux relatifs à son ministère. Mais
une amertume gâtait toujours ses satisfactions
d'employé : l'accès des commissaires de marine, des ferblantiers, comme on disait à
cause de leurs galons d'argent, aux emplois
de sous-chef et de chef; et chaque soir, en
dînant, il argumentait fortement devant sa
femme, qui partageait ses haines, pour prouver
qu'il est inique à tous égards de donner des
places à Paris aux gens destinés à la naviga-
tion.

Il était vieux, maintenant, n'ayant point
senti passer sa vie, car le collège, sans tran-
sition, avait été continué par le bureau, et les
pions, devant qui il tremblait autrefois, étaient
aujourd'hui remplacés par les chefs, qu'il re-
doutait effroyablement. Le seuil de ces des-
potes en chambre le faisait frémir des pieds
à la tête; et de cette continuelle épouvante il
gardait une manière gauche de se présenter,

une attitude humble et une sorte de bégaie-
ment nerveux.

Il ne connaissait pas plus Paris que ne le
peut connaître un aveugle conduit par son
chien, chaque jour, sous la même porte; et
s'il lisait dans son journal d'un sou les événements et les scandales, il les percevait comme
des contes fantaisistes inventés à plaisir pour
distraire les petits employés. Homme d'ordre,
réactionnaire sans parti déterminé, mais ennemi des « *nouveautés* », il passait les faits poli-
tiques, que sa feuille, du reste, défigurait
toujours pour les besoins payés d'une cause;
et quand il remontait tous les soirs l'avenue
des Champs-Élysées, il considérait la foule
houleuse des promeneurs et le flot roulant
des équipages à la façon d'un voyageur dé-
paysé qui traverserait des contrées lointaines.

Ayant complété, cette année même, ses
trente années de service obligatoire, on lui
avait remis, au 1er janvier, la croix de la Légion
d'honneur, qui récompense, dans ces admi-
nistrations militarisées, la longue et misérable
servitude — (on dit : *loyaux services*) — de
ces tristes forçats rivés au carton vert. Cette
dignité inattendue, lui donnant de sa capacité
une idée haute et nouvelle, avait en tout
changé ses mœurs. Il avait dès lors supprimé
les pantalons de couleur et les vestons de fan-

taisie, porté des culottes noires et de longues
redingotes où son *ruban*, très large, faisait
mieux; et, rasé tous les matins, écurant ses
ongles avec plus de soin, changeant de linge
tous les deux jours par un légitime sentiment
de convenances et de respect pour l'*Ordre
national* dont il faisait partie, il était devenu,
du jour au lendemain, un autre Caravan,
rincé, majestueux et condescendant.

Chez lui, il disait « ma croix » à tout propos.
Un tel orgueil lui était venu, qu'il ne pouvait
plus même souffrir à la boutonnière des autres
aucun ruban d'aucune sorte. Il s'exaspérait
surtout à la vue des ordres étrangers — « qu'on
ne devrait pas laisser porter en France »; et il
en voulait particulièrement au docteur Chenet
qu'il retrouvait tous les soirs au tramway, orné
d'une décoration quelconque, blanche, bleue,
orange ou verte.

La conversation des deux hommes, depuis
l'Arc de Triomphe jusqu'à Neuilly, était, du
reste, toujours la même; et, ce jour-là comme
les précédents, ils s'occupèrent d'abord de
différents abus locaux qui les choquaient l'un
et l'autre, le maire de Neuilly en prenant à
son aise. Puis, comme il arrive infailliblement
en compagnie d'un médecin, Caravan aborda
le chapitre des maladies, espérant de cette
façon glaner quelques petits conseils gratuits,

ou même une consultation, en s'y prenant
bien, sans laisser voir la ficelle. Sa mère, du
reste, l'inquiétait depuis quelque temps. Elle
avait des syncopes fréquentes et prolongées;
et, bien que vieille de quatre-vingt-dix ans,
elle ne consentait point à se soigner.

Son grand âge attendrissait Caravan, qui
répétait sans cesse au *docteur* Chenet : — «En
voyez-vous souvent arriver là?» Et il se frottait les mains avec bonheur, non qu'il tînt
peut-être beaucoup à voir la bonne femme
s'éterniser sur terre, mais parce que la longue
durée de la vie maternelle était comme une
promesse pour lui-même.

Il continua : — «Oh! dans ma famille, on
va loin; ainsi, moi, je suis sûr qu'à moins
d'accident je mourrai très vieux.» L'officier
de santé jeta sur lui un regard de pitié; il
considéra une seconde la figure rougeaude
de son voisin, son cou graisseux, son bedon
tombant entre deux jambes flasques et grasses,
toute sa rondeur apoplectique de vieil employé ramolli; et, relevant d'un coup de main
le panama grisâtre qui lui couvrait le chef, il
répondit en ricanant : — «Pas si sûr que ça,
mon bon, votre mère est une astèque et
vous n'êtes qu'un plein-de-soupe.» Caravan,
troublé, se tut.

Mais le tramway arrivait à la station. Les

deux compagnons descendirent, et M. Chenet offrit le vermout au café du Globe, en face, où l'un et l'autre avaient leurs habitudes. Le patron, un ami, leur allongea deux doigts qu'ils serrèrent par-dessus les bouteilles du comptoir; et ils allèrent rejoindre trois amateurs de dominos, attablés là depuis midi. Des paroles cordiales furent échangées, avec le « Quoi de neuf? » inévitable. Ensuite les joueurs se remirent à leur partie; puis on leur souhaita le bonsoir. Ils tendirent leurs mains sans lever la tête; et chacun rentra dîner.

Caravan habitait, auprès du rond-point de Courbevoie, une petite maison à deux étages dont le rez-de-chaussée était occupé par un coiffeur.

Deux chambres, une salle à manger et une cuisine où des sièges recollés erraient de pièce en pièce selon les besoins, formaient tout l'appartement que Mme Caravan passait son temps à nettoyer, tandis que sa fille Marie-Louise, âgée de douze ans, et son fils Philippe-Auguste, âgé de neuf, galopinaient dans les ruisseaux de l'avenue, avec tous les polissons du quartier.

Au-dessus de lui, Caravan avait installé sa mère, dont l'avarice était célèbre aux environs et dont la maigreur faisait dire que le *Bon Dieu* avait appliqué sur elle-même ses

propres principes de parcimonie. Toujours
de mauvaise humeur, elle ne passait point un
jour sans querelles et sans colères furieuses.
Elle apostrophait de sa fenêtre les voisins sur
leurs portes, les marchandes des quatre sai-
sons, les balayeurs et les gamins qui, pour se
venger, la suivaient de loin, quand elle sortait, en criant : — « A la chie-en-lit ! »

Une petite bonne normande, incroyable-
ment étourdie, faisait le ménage et couchait
au second près de la vieille, dans la crainte
d'un accident.

Lorsque Caravan rentra chez lui, sa femme,
atteinte d'une maladie chronique de net-
toyage, faisait reluire avec un morceau de
flanelle l'acajou des chaises éparses dans la
solitude des pièces. Elle portait toujours des
gants de fil, ornait sa tête d'un bonnet à rubans multicolores sans cesse chaviré sur une
oreille, et répétait, chaque fois qu'on la
surprenait cirant, brossant, astiquant ou lessi-
vant : — « Je ne suis pas riche, chez moi tout
est simple, mais la propreté c'est mon luxe,
et celui-là en vaut bien un autre. »

Douée d'un sens pratique opiniâtre, elle
était en tout le guide de son mari. Chaque
soir, à table, et puis dans leur lit, ils causaient longuement des affaires du bureau,
et, bien qu'elle eût vingt ans de moins que

lui, il se confiait à elle comme à un directeur de conscience, et suivait en tout ses conseils.

Elle n'avait jamais été jolie; elle était laide maintenant, de petite taille et maigrelette. L'inhabileté de sa vêture avait toujours fait disparaître ses faibles attributs féminins qui auraient dû saillir avec art sous un habillage bien entendu. Ses jupes semblaient sans cesse tournées d'un côté; et elle se grattait souvent, n'importe où, avec indifférence du public, par une sorte de manie qui touchait au tic. Le seul ornement qu'elle se permît consistait en une profusion de rubans de soie entremêlés sur les bonnets prétentieux qu'elle avait coutume de porter chez elle.

Aussitôt qu'elle aperçut son mari, elle se leva, et, l'embrassant sur ses favoris : — «As-tu pensé à Potin, mon ami?»

(C'était pour une commission qu'il avait promis de faire.) Mais il tomba atterré sur un siège; il venait encore d'oublier pour la quatrième fois :

«C'est une fatalité, disait-il, c'est une fatalité; j'ai beau y penser toute la journée, quand le soir vient j'oublie toujours.» Mais comme il semblait désolé, elle le consola :

— Tu y songeras demain, voilà tout. Rien de neuf au ministère?

— Si, une grande nouvelle : encore un ferblantier nommé sous-chef.

Elle devint très sérieuse :

— A quel bureau ?

— Au bureau des achats extérieurs.

Elle se fâchait :

— A la place de Ramon alors, juste celle que je voulais pour toi; et lui, Ramon ? à la retraite ?

Il balbutia :

— A la retraite.

Elle devint rageuse, le bonnet partit sur l'épaule :

— C'est fini, vois-tu, cette boîte-là, rien à faire là dedans maintenant. Et comment s'appelle-t-il, ton commissaire ?

— Bonassot.

Elle prit l'Annuaire de la marine, qu'elle avait toujours sous la main, et chercha : « Bo-« nassot. — Toulon. — Né en 1851. — Élève-« commissaire en 1871, Sous-commissaire en « 1875. »

— A-t-il navigué celui-là ?

A cette question, Caravan se rasséréna. Une gaieté lui vint qui secouait son ventre : — « Comme Balin, juste comme Balin, son chef. » Et il ajouta, dans un rire plus fort, une vieille plaisanterie que tout le ministère trouvait délicieuse : — « Il ne faudrait pas les

envoyer par eau inspecter la station navale
du Point-du-Jour, ils seraient malades sur les
bateaux-mouches. »

Mais elle restait grave comme si elle n'avait
pas entendu, puis elle murmura en se grattant
lentement le menton : — « Si seulement on
avait un député dans sa manche? Quand la
Chambre saura tout ce qui se passe là dedans, le ministre sautera du coup... »

Des cris éclatèrent dans l'escalier, coupant
sa phrase. Marie-Louise et Philippe-Auguste,
qui revenaient du ruisseau, se flanquaient, de
marche en marche, des gifles et des coups
de pied. Leur mère s'élança, furieuse, et, les
prenant chacun par un bras, elle les jeta
dans l'appartement en les secouant avec vigueur.

Sitôt qu'ils aperçurent leur père, ils se précipitèrent sur lui, et il les embrassa tendrement, longtemps; puis, s'asseyant, les prit
sur ses genoux et fit la causette avec eux.

Philippe-Auguste était un vilain mioche,
dépeigné, sale des pieds à la tête, avec une
figure de crétin. Marie-Louise ressemblait à
sa mère déjà, parlait comme elle, répétant
ses paroles, l'imitant même en ses gestes.
Elle dit aussi : — « Quoi de neuf au ministère? » Il lui répondit gaiement : — « Ton
ami Ramon, qui vient dîner ici tous les mois,

va nous quitter, fifille. Il y a un nouveau sous-
chef à sa place. » Elle leva les yeux sur son
père, et, avec une commisération d'enfant /
précoce : — «Encore un qui t'a passé sur le
dos, alors. »

Il finit de rire et ne répondit pas; puis,
pour faire diversion, s'adressant à sa femme
qui nettoyait maintenant les vitres : — «La
maman va bien, là-haut?»

Mme Caravan cessa de frotter, se retourna,
redressa son bonnet tout à fait parti dans le
dos, et, la lèvre tremblante : — «Ah! oui,
parlons-en de ta mère! Elle m'en a fait une
jolie! Figure-toi que tantôt Mme Lebaudin, la
femme du coiffeur, est montée pour m'em-
prunter un paquet d'amidon, et comme j'étais
sortie, ta mère l'a chassée en la traitant de
«mendiante». Aussi je l'ai arrangée, la vieille.
Elle a fait semblant de ne pas entendre comme
toujours quand on lui dit ses vérités, mais
elle n'est pas plus sourde que moi, vois-tu;
c'est de la frime, tout ça, et la preuve, c'est
qu'elle est remontée dans sa chambre, aussitôt, sans dire un mot. »

Caravan, confus, se taisait, quand la petite
bonne se précipita pour annoncer le dîner.
Alors, afin de prévenir sa mère, il prit un
manche à balai toujours caché dans un coin
et frappa trois coups au plafond. Puis on

passa dans la salle, et Mme Caravan la jeune
servit le potage, en attendant la vieille. Elle
ne venait pas, et la soupe refroidissait. Alors
on se mit à manger tout doucement; puis,
quand les assiettes furent vides, on attendit
encore. Mme Caravan, furieuse, s'en prenait à
son mari : — « Elle le fait exprès, sais-tu.
Aussi tu la soutiens toujours. » Lui, fort perplexe, pris entre les deux, envoya Marie-
Louise chercher grand'maman, et il demeura
immobile, les yeux baissés, tandis que sa
femme tapait rageusement le pied de son
verre avec le bout de son couteau.

Soudain la porte s'ouvrit, et l'enfant seule
réapparut tout essoufflée et fort pâle; elle dit
très vite : — « Grand'maman est tombée par
terre. »

Caravan, d'un bond, fut debout, et, jetant
sa serviette sur la table, il s'élança dans l'escalier, où son pas lourd et précipité retentit,
pendant que sa femme, croyant à une ruse méchante de sa belle-mère, s'en venait plus doucement en haussant avec mépris les épaules.

La vieille gisait tout de son long sur la face
au milieu de la chambre, et, lorsque son fils
l'eut retournée, elle apparut, immobile et
sèche, avec sa peau jaunie, plissée, tannée,
ses yeux clos, ses dents serrées, et tout son
corps maigre roidi.

Caravan, à genoux près d'elle, gémissait :
— «Ma pauvre mère, ma pauvre mère!»
Mais l'autre Mme Caravan, après l'avoir considérée un instant, déclara : — «Bah! elle a encore une syncope, voilà tout; c'est pour nous empêcher de dîner, sois-en sûr. »

On porta le corps sur le lit, on le déshabilla complètement; et tous, Caravan, sa femme, la bonne, se mirent à le frictionner. Malgré leurs efforts, elle ne reprit pas connaissance. Alors on envoya Rosalie chercher le *docteur* Chenet. Il habitait sur le quai, vers Suresnes. C'était loin, l'attente fut longue. Enfin il arriva, et, après avoir considéré, palpé, ausculté la vieille femme, il prononça : — «C'est la fin. »

Caravan s'abattit sur le corps, secoué par des sanglots précipités; et il baisait convulsivement la figure rigide de sa mère en pleurant avec tant d'abondance que de grosses larmes tombaient comme des gouttes d'eau sur le visage de la morte.

Mme Caravan la jeune eut une crise convenable de chagrin, et, debout derrière son mari, elle poussait de faibles gémissements en se frottant les yeux avec obstination.

Caravan, la face bouffie, ses maigres cheveux en désordre, très laid dans sa douleur vraie, se redressa soudain : — «Mais... êtes-

vous sûr, docteur... êtes-vous bien sûr?...»
L'officier de santé s'approcha rapidement, et
maniant le cadavre avec une dextérité professionnelle, comme un négociant qui ferait va-
loir sa marchandise : — «Tenez, mon bon,
regardez l'œil.» Il releva la paupière, et le
regard de la vieille femme réapparut sous son
doigt, nullement changé, avec la pupille un
peu plus large peut-être. Caravan reçut un coup
dans le cœur, et une épouvante lui traversa
les os. M. Chenet prit le bras crispé, força les
doigts pour les ouvrir, et, l'air furieux comme
en face d'un contradicteur : — «Mais regar-
dez-moi cette main, je ne m'y trompe jamais,
soyez tranquille.»

Caravan retomba vautré sur le lit, beuglant
presque; tandis que sa femme, pleurnichant
toujours, faisait les choses nécessaires. Elle
approcha la table de nuit sur laquelle elle
étendit une serviette, posa dessus quatre bougies qu'elle alluma, prit un rameau de buis
accroché derrière la glace de la cheminée et
le posa entre les bougies dans une assiette
qu'elle emplit d'eau claire, n'ayant point d'eau
bénite. Mais, après une réflexion rapide, elle
jeta dans cette eau une pincée de sel, s'imaginant sans doute exécuter là une sorte de
consécration.

Lorsqu'elle eut terminé la figuration qui

doit accompagner la Mort, elle resta debout, immobile. Alors l'officier de santé, qui l'avait aidée à disposer les objets, lui dit tout bas : — «Il faut emmener Caravan.» Elle fit un signe d'assentiment, et s'approchant de son mari qui sanglotait, toujours à genoux, elle le souleva par un bras, pendant que M. Chenet le prenait par l'autre.

On l'assit d'abord sur une chaise, et sa femme, le baisant au front, le sermonna. L'officier de santé appuyait ses raisonnements, conseillant la fermeté, le courage, la résignation, tout ce qu'on ne peut garder dans ces malheurs foudroyants. Puis tous deux le prirent de nouveau sous les bras et l'emmenèrent.

Il larmoyait comme un gros enfant, avec des hoquets convulsifs, avachi, les bras pendants, les jambes molles; et il descendit l'escalier sans savoir ce qu'il faisait, remuant les pieds machinalement.

On le déposa dans le fauteuil qu'il occupait toujours à table, devant son assiette presque vide où sa cuiller encore trempait dans un reste de soupe. Et il resta là, sans un mouvement, l'œil fixé sur son verre, tellement hébété qu'il demeurait même sans pensée.

Mme Caravan, dans un coin, causait avec le docteur, s'informait des formalités, de-

mandait tous les renseignements pratiques.
A la fin, M. Chenet, qui paraissait attendre
quelque chose, prit son chapeau et, déclarant
qu'il n'avait pas dîné, fit un salut pour partir..
Elle s'écria :

— Comment, vous n'avez pas dîné? Mais
restez, docteur, restez donc! On va vous servir
ce que nous avons; car vous comprenez que
nous, nous ne mangerons pas grand'chose.

Il refusa, s'excusant; elle insistait :

— Comment donc, mais restez. Dans des
moments pareils, on est heureux d'avoir
des amis près de soi; et puis, vous déciderez
peut-être mon mari à se réconforter un peu :
il a tant besoin de prendre des forces.

Le docteur s'inclina, et, déposant son chapeau sur un meuble : — «En ce cas, j'ac-
cepte, madame.»

Elle donna des ordres à Rosalie affolée,
puis elle-même se mit à table, «pour faire
semblant de manger, disait-elle, et tenir compagnie au docteur.»

On reprit du potage froid. M. Chenet en
redemanda. Puis apparut un plat de gras-
double lyonnais qui répandit un parfum d'oi-
gnon, et dont Mme Caravan se décida à goûter.

— «Il est excellent,» dit le docteur. Elle
sourit : — «N'est-ce pas?» Puis se tournant
vers son mari : — «Prends-en donc un peu,

mon pauvre Alfred, seulement pour te mettre quelque chose dans l'estomac; songe que tu vas passer la nuit!»

Il tendit son assiette docilement, comme il aurait été se mettre au lit si on le lui eût commandé, obéissant à tout sans résistance et sans réflexion. Et il mangea.

Le docteur, se servant lui-même, puisa trois fois dans le plat, tandis que Mme Caravan, de temps en temps, piquait un gros morceau au bout de sa fourchette et l'avalait avec une sorte d'inattention étudiée.

Quand parut un saladier plein de macaroni, le docteur murmura : — «Bigre! voilà une bonne chose.» Et Mme Caravan, cette fois, servit tout le monde. Elle remplit même les soucoupes où barbotaient les enfants, qui, laissés libres, buvaient du vin pur et s'attaquaient déjà, sous la table, à coups de pied.

M. Chenet rappela l'amour de Rossini pour ce mets italien; puis tout à coup : — Tiens! mais ça rime; on pourrait commencer une pièce de vers :

Le maëstro Rossini
Aimait le macaroni...

On ne l'écoutait point. Mme Caravan, devenue soudain réfléchie, songeait à toutes

les conséquences probables de l'événement;
tandis que son mari roulait des boulettes de
pain qu'il déposait ensuite sur la nappe,
et qu'il regardait fixement d'un air idiot.
Comme une soif ardente lui dévorait la
gorge, il portait sans cesse à sa bouche son
verre tout rempli de vin; et sa raison, culbutée
déjà par la secousse et le chagrin, devenait
flottante, lui paraissait danser dans l'étourdis-
sement subit de la digestion commencée et
pénible.

Le docteur, du reste, buvait comme un
trou, se grisait visiblement; et Mme Caravan
elle-même, subissant la réaction qui suit tout
ébranlement nerveux, s'agitait, troublée aussi,
bien qu'elle ne prît que de l'eau, et se sentait
la tête un peu brouillée.

M. Chenet s'était mis à raconter des histoires de décès qui lui paraissaient drôles.
Car dans cette banlieue parisienne, remplie
d'une population de province, on retrouve
cette indifférence du paysan pour le mort,
fût-il son père ou sa mère, cet irrespect, cette
férocité inconsciente si communs dans les cam-
pagnes, et si rares à Paris. Il disait : — « Tenez,
la semaine dernière, rue de Puteaux, on
m'appelle, j'accours; je trouve le malade tré-
passé, et, auprès du lit, la famille qui finissait tranquillement une bouteille d'anisette

achetée la veille pour satisfaire un caprice du
moribond. »

Mais Mme Caravan n'écoutait pas, songeant
toujours à l'héritage; et Caravan, le cerveau
vidé, ne comprenait rien.

On servit le café, qu'on avait fait très fort
pour se soutenir le moral. Chaque tasse, arrosée de cognac, fit monter aux joues une
rougeur subite, mêla les dernières idées de
ces esprits vacillants déjà.

Puis le *docteur,* s'emparant soudain de la
bouteille d'eau-de-vie, versa la « *rincette* » à tout
le monde. Et, sans parler, engourdis dans la
chaleur douce de la digestion, saisis malgré
eux par ce bien-être animal que donne l'al-
cool après dîner, ils se gargarisaient lentement
avec le cognac sucré qui formait un sirop
jaunâtre au fond des tasses.

Les enfants s'étaient endormis et Rosalie
les coucha.

Alors Caravan, obéissant machinalement
au besoin de s'étourdir qui pousse tous les
malheureux, reprit plusieurs fois de l'eau-
de-vie; et son œil hébété luisait.

Le *docteur* enfin se leva pour partir; et
s'emparant du bras de son ami :

— Allons, venez avec moi, dit-il; un peu
d'air vous fera du bien; quand on a des en-
nuis, il ne faut pas s'immobiliser.

L'autre obéit docilement, mit son chapeau, prit sa canne, sortit; et tous deux, se tenant par le bras, descendirent vers la Seine sous les claires étoiles.

Des souffles embaumés flottaient dans la nuit chaude, car tous les jardins des environs étaient à cette saison pleins de fleurs, dont les parfums, endormis pendant le jour, semblaient s'éveiller à l'approche du soir et s'exhalaient, mêlés aux brises légères qui passaient dans l'ombre.

L'avenue large était déserte et silencieuse avec ses deux rangs de becs de gaz allongés jusqu'à l'Arc de Triomphe. Mais là-bas Paris bruissait dans une buée rouge. C'était une sorte de roulement continu auquel paraissait répondre parfois au loin, dans la plaine, le sifflet d'un train accourant à toute vapeur, ou bien fuyant, à travers la province, vers l'Océan.

L'air du dehors, frappant les deux hommes au visage, les surprit d'abord, ébranla l'équilibre du docteur, et accentua chez Caravan les vertiges qui l'envahissaient depuis le dîner. Il allait comme dans un songe, l'esprit engourdi, paralysé, sans chagrin vibrant, saisi par une sorte d'engourdissement moral qui l'empêchait de souffrir, éprouvant même un allégement qu'augmentaient les exhalaisons tièdes épandues dans la nuit.

Quand ils furent au pont, ils tournèrent à droite, et la rivière leur jeta à la face un souffle frais. Elle coulait, mélancolique et tranquille, devant un rideau de hauts peupliers; et des étoiles semblaient nager sur l'eau, remuées par le courant. Une brume fine et blanchâtre qui flottait sur la berge de l'autre côté apportait aux poumons une senteur humide; et Caravan s'arrêta brusquement, frappé par cette odeur de fleuve qui remuait dans son cœur des souvenirs très vieux.

Et il revit soudain sa mère, autrefois, dans son enfance à lui, courbée à genoux devant leur porte, là-bas, en Picardie, et lavant au mince cours d'eau qui traversait le jardin le linge en tas à côté d'elle. Il entendait son battoir dans le silence tranquille de la campagne, sa voix qui criait : — « Alfred, apporte-moi du savon. » Et il sentait cette même odeur d'eau qui coule, cette même brume envolée des terres ruisselantes, cette buée marécageuse dont la saveur était restée en lui, inoubliable, et qu'il retrouvait justement ce soir-là même où sa mère venait de mourir.

Il s'arrêta, roidi dans une reprise de désespoir fougueux. Ce fut comme un éclat de lumière illuminant d'un seul coup toute l'étendue de son malheur; et la recontre de ce souffle errant le jeta dans l'abîme noir des

douleurs irrémédiables. Il sentit son cœur déchiré par cette séparation sans fin. Sa vie était
coupée au milieu; et sa jeunesse entière disparaissait engloutie dans cette mort. Tout
l'«autrefois» était fini; tous les souvenirs d'ado-
lescence s'évanouissaient; personne ne pourrait
plus lui parler des choses anciennes, des gens
qu'il avait connus jadis, de son pays, de lui-
même, de l'intimité de sa vie passée; c'était
une partie de son être qui avait fini d'exister;
à l'autre de mourir maintenant.

Et le défilé des évocations commença. Il
revoyait « la maman » plus jeune, vêtue de
robes usées sur elle, portées si longtemps
qu'elles semblaient inséparables de sa personne; il la retrouvait dans mille circonstances
oubliées : avec des physionomies effacées, ses
gestes, ses intonations, ses habitudes, ses ma-
nies, ses colères, les plis de sa figure, les
mouvements de ses doigts maigres, toutes ses
attitudes familières qu'elle n'aurait plus.

Et, se cramponnant au docteur, il poussa
des gémissements. Ses jambes flasques trem-
blaient; toute sa grosse personne était secouée
par les sanglots, et il balbutiait : — «Ma
mère, ma pauvre mère, ma pauvre mère!...»

Mais son compagnon, toujours ivre, et qui
rêvait de finir la soirée en des lieux qu'il fré-
quentait secrètement, impatienté par cette

crise aiguë de chagrin, le fit asseoir sur l'herbe de la rive, et presque aussitôt le quitta sous prétexte de voir un malade.

Caravan pleura longtemps; puis, quand il fut à bout de larmes, quand toute sa souffrance eut pour ainsi dire coulé, il éprouva de nouveau un soulagement, un repos, une tranquillité subite.

La lune s'était levée; elle baignait l'horizon de sa lumière placide. Les grands peupliers se dressaient avec des reflets d'argent, et le brouillard, sur la plaine, semblait de la neige flottante; le fleuve, où ne nageaient plus les étoiles, mais qui paraissait couvert de nacre, coulait toujours, ridé par des frissons brillants. L'air était doux, la brise odorante. Une mollesse passait dans le sommeil de la terre, et Caravan buvait cette douceur de la nuit; il respirait longuement, croyait sentir pénétrer jusqu'à l'extrémité de ses membres une fraîcheur, un calme, une consolation surhumaine.

Il résistait toutefois à ce bien-être envahissant, se répétait : — «Ma mère, ma pauvre mère,» s'excitant à pleurer par une sorte de conscience d'honnête homme; mais il ne le pouvait plus; et aucune tristesse même ne l'étreignait aux pensées qui, tout à l'heure encore, l'avaient fait si fort sangloter.

Alors il se leva pour rentrer, revenant à

petits pas, enveloppé dans la calme indifférence de la nature sereine, et le cœur apaisé
malgré lui.

Quand il atteignit le pont, il aperçut le
fanal du dernier tramway prêt à partir et,
par derrière, les fenêtres éclairées du café du
Globe.

Alors un besoin lui vint de raconter la
catastrophe à quelqu'un, d'exciter la commisération, de se rendre intéressant. Il prit une
physionomie lamentable, poussa la porte de
l'établissement, et s'avança vers le comptoir
où le patron trônait toujours. Il comptait sur
un effet, tout le monde allait se. lever, venir
à lui, la main tendue : — « Tiens, qu'avez-
vous ? » Mais personne ne remarqua la déso-
lation de son visage. Alors il s'accouda sur le
comptoir et, serrant son front dans ses mains,
il murmura : « Mon Dieu, mon Dieu ! »

Le patron le considéra : — « Vous êtes malade, monsieur Caravan ? » — Il répondit :
— « Non, mon pauvre ami ; mais ma mère
vient de mourir. » L'autre lâcha un « Ah ! »
distrait ; et comme un consommateur au fond
de l'établissement criait : — « Un bock, s'il
vous plaît ! » il répondit aussitôt d'une voix
terrible : — « Voilà, boum !... on y va, » et
s'élança pour servir, laissant Caravan stupéfait.

Sur la même table qu'avant dîner, absor-

bés et immobiles, les trois amateurs de dominos jouaient encore. Caravan s'approcha
d'eux, en quête de commisération. Comme
aucun ne paraissait le voir, il se décida à parler : — «Depuis tantôt, leur dit-il, il m'est
arrivé un grand malheur. »

Ils levèrent un peu la tête tous les trois en
même temps, mais en gardant l'œil fixé sur
le jeu qu'ils tenaient en main. — «Tiens,
quoi donc? » — «Ma mère vient de mourir. »
Un d'eux murmura : — «Ah! diable» avec
cet air faussement navré que prennent les
indifférents. Un autre, ne trouvant rien à dire,
fit entendre, en hochant le front, une sorte
de sifflement triste. Le troisième se remit au jeu
comme s'il eût pensé : — «Ce n'est que ça!»

Caravan attendait un de ces mots qu'on
dit «venus du cœur». Se voyant ainsi reçu,
il s'éloigna, indigné de leur placidité devant
la douleur d'un ami, bien que cette douleur,
en ce moment même, fût tellement engourdie
qu'il ne la sentait plus guère.

Et il sortit.

Sa femme l'attendait en chemise de nuit,
assise sur une chaise basse auprès de la fenêtre
ouverte, et pensant toujours à l'héritage.

— Déshabille-toi, dit-elle : nous allons
causer quand nous serons au lit.

Il leva la tête, et, montrant le plafond de

l'œil : — «Mais... là-haut... il n'y a personne.»
— «Pardon, Rosalie est auprès d'elle, tu iras
la remplacer à trois heures du matin, quand
tu auras fait un somme.»

Il resta néanmoins en caleçon afin d'être
prêt à tout événement, noua un foulard autour de son crâne, puis rejoignit sa femme
qui venait de se glisser dans les draps.

Ils demeurèrent quelque temps assis côte
à côte. Elle songeait.

Sa coiffure, même à cette heure, était agré-
mentée d'un nœud rose et penchée un peu
sur une oreille, comme par suite d'une in-
vincible habitude de tous les bonnets qu'elle
portait.

Soudain, tournant la tête vers lui : —
«Sais-tu si ta mère a fait un testament?» dit-
elle. Il hésita : — «Je... je... ne crois pas...
Non, sans doute, elle n'en a pas fait.»
Mme Caravan regarda son mari dans les yeux,
et, d'une voix basse et rageuse : — «C'est
une indignité, vois-tu; car enfin voilà dix ans
que nous nous décarcassons à la soigner, que
nous la logeons, que nous la nourrissons! Ce
n'est pas ta sœur qui en aurait fait autant
pour elle, ni moi non plus si j'avais su comment j'en serais récompensée! Oui, c'est une
honte pour sa mémoire! Tu me diras qu'elle
payait pension : c'est vrai; mais les soins de

ses enfants, ce n'est pas avec de l'argent qu'on les paye : on les reconnaît par testament après la mort. Voilà comment se conduisent les gens honorables. Alors, moi, j'en ai été pour ma peine et pour mes tracas! Ah! c'est du propre! c'est du propre! »

Caravan, éperdu, répétait : — « Ma chérie, ma chérie, je t'en prie, je t'en supplie. »

A la longue, elle se calma, et revenant au ton de chaque jour, elle reprit : — « Demain matin, il faudra prévenir ta sœur. »

Il eut un sursaut : — « C'est vrai, je n'y avais pas pensé; dès le jour j'enverrai une dépêche. » Mais elle l'arrêta, en femme qui a tout prévu. — « Non, envoie-la seulement de dix à onze, afin que nous ayons le temps de nous retourner avant son arrivée. De Charenton ici elle en a pour deux heures au plus. Nous dirons que tu as perdu la tête. En prévenant dans la matinée, on ne se mettra pas dans la commise! »

Mais Caravan se frappa le front, et, avec l'intonation timide qu'il prenait toujours en parlant de son chef dont la pensée même le faisait trembler : — « Il faut aussi prévenir au ministère, » dit-il. Elle répondit : — « Pourquoi prévenir? Dans des occasions comme ça, on est toujours excusable d'avoir oublié. Ne préviens pas, crois-moi; ton chef ne pourra rien

dire et tu le mettras dans un rude embarras. »
— « Oh! ça, oui, dit-il, et dans une fameuse
colère quand il ne me verra point venir. Oui,
tu as raison, c'est une riche idée. Quand je
lui annoncerai que ma mère est morte, il sera
bien forcé de se taire. »

Et l'employé, ravi de la farce, se frottait
les mains en songeant à la tête de son chef,
tandis qu'au-dessus de lui le corps de la vieille
gisait à côté de la bonne endormie.

Mme Caravan devenait soucieuse, comme
obsédée par une préoccupation difficile à
dire. Enfin elle se décida : — « Ta mère
t'avait bien donné sa pendule, n'est-ce pas,
la jeune fille au bilboquet?» Il chercha dans
sa mémoire et répondit : — « Oui, oui; elle
m'a dit (mais il y a longtemps de cela, c'est
quand elle est venue ici), elle m'a dit : Ce
sera pour toi, la pendule, si tu prends bien
soin de moi. »

Mme Caravan tranquillisée se rasséréna :
— « Alors, vois-tu, il faut aller la chercher,
parce que, si nous laissons venir ta sœur, elle
nous empêchera de la prendre. » Il hésitait :
— « Tu crois?... » Elle se fâcha : — « Certainement que je le crois; une fois ici, ni vu ni
connu : c'est à nous. C'est comme pour la
commode de sa chambre, celle qui a un
marbre : elle me l'a donnée, à moi, un jour

qu'elle était de bonne humeur. Nous la des-
cendrons en même temps. »

Caravan semblait incrédule. — « Mais, ma
chère, c'est une grande responsabilité ! » Elle
se tourna vers lui, furieuse : — « Ah ! vraiment ! Tu ne changeras donc jamais ? Tu lais-
serais tes enfants mourir de faim, toi, plutôt
que de faire un mouvement. Du moment
qu'elle me l'a donnée, cette commode, c'est
à nous, n'est-ce pas ? Et si ta sœur n'est pas
contente, elle me le dira, à moi ! Je m'en
moque bien de ta sœur. Allons, lève-toi, que
nous apportions tout de suite ce que ta mère
nous a donné. »

Tremblant et vaincu, il sortit du lit, et,
comme il passait sa culotte, elle l'en empêcha : — « Ce n'est pas la peine de t'habiller,
va, garde ton caleçon, ça suffit ; j'irai bien
comme ça, moi. »

Et tous deux, en toilette de nuit, partirent,
montèrent l'escalier sans bruit, ouvrirent la
porte avec précaution et entrèrent dans la
chambre où les quatre bougies allumées autour de l'assiette au buis bénit semblaient
seules garder la vieille en son repos rigide ;
car Rosalie, étendue dans son fauteuil, les
jambes allongées, les mains croisées sur sa
jupe, la tête tombée de côté, immobile aussi et
la bouche ouverte, dormait en ronflant un peu.

Caravan prit la pendule. C'était un de ces objets grotesques comme en produisit beaucoup l'art impérial. Une jeune fille en bronze doré, la tête ornée de fleurs diverses, tenait à la main un bilboquet dont la boule servait de balancier. — «Donne-moi ça, lui dit sa femme, et prends le marbre de la commode.»

Il obéit en soufflant et il percha le marbre sur son épaule avec un effort considérable.

Alors le couple partit. Caravan se baissa sous la porte, se mit à descendre en tremblant l'escalier, tandis que sa femme, marchant à reculons, l'éclairait d'une main, ayant la pendule sous l'autre bras.

Lorsqu'ils furent chez eux, elle poussa un grand soupir. — «Le plus gros est fait, dit-elle; allons chercher le reste.»

Mais les tiroirs du meuble étaient tout pleins des hardes de la vieille. Il fallait bien cacher cela quelque part.

Mme Caravan eut une idée : — «Va donc prendre le coffre à bois en sapin qui est dans le vestibule; il ne vaut pas quarante sous, on peut bien le mettre ici.» Et quand le coffre fut arrivé, on commença le transport.

Ils enlevaient, l'un après l'autre, les manchettes, les collerettes, les chemises, les bonnets, toutes les pauvres nippes de la bonne femme étendue là, derrière eux, et les disposaient méthodiquement dans le coffre à bois de façon à tromper Mme Braux, l'autre enfant de la défunte, qui viendrait le lendemain.

Quand ce fut fini, on descendit d'abord les tiroirs, puis le corps du meuble en le tenant chacun par un bout; et tous deux cherchèrent pendant longtemps à quel endroit il ferait le mieux. On se décida pour la chambre, en face du lit, entre les deux fenêtres.

Une fois la commode en place, Mme Caravan l'emplit de son propre linge. La pendule occupa la cheminée de la salle; et le couple considéra l'effet obtenu. Ils en furent aussitôt enchantés : — «Ça fait très bien,» dit-elle. Il répondit : — «Oui, très bien.» Alors ils se couchèrent. Elle souffla la bougie; et tout le monde bientôt dormit aux deux étages de la maison.

Il était déjà grand jour lorsque Caravan rouvrit les yeux. Il avait l'esprit confus à son réveil, et il ne se rappela l'événement qu'au bout de quelques minutes. Ce souvenir lui donna un grand coup dans la poitrine; et il sauta du lit, très ému de nouveau, prêt à pleurer.

Il monta bien vite à la chambre au-dessus, où Rosalie dormait encore, dans la même posture que la veille, n'ayant fait qu'un somme de toute la nuit. Il la renvoya à son ouvrage,

remplaça les bougies consumées, puis il considéra sa mère en roulant dans son cerveau
ces apparences de pensées profondes, ces ba-
nalités religieuses et philosophiques qui han-
tent les intelligences moyennes en face de la
mort.

Mais comme sa femme l'appelait, il descendit. Elle avait dressé une liste des choses
à faire dans la matinée, et elle lui remit cette
nomenclature dont il fut épouvanté.

Il lut : 1° Faire la déclaration à la mairie ;

2° Demander le médecin des morts ;

3° Commander le cercueil ;.

4° Passer à l'église ;

5° Aux pompes funèbres ;

6° A l'imprimerie pour les lettres ;

7° Chez le notaire ;

8° Au télégraphe pour avertir la famille.

Plus une multitude de petites commissions.
Alors il prit son chapeau et s'éloigna.

Or, la nouvelle s'étant répandue, les voisines commençaient à arriver et demandaient
à voir la morte.

Chez le coiffeur, au rez-de-chaussée, une
scène avait même eu lieu à ce sujet entre la
femme et le mari pendant qu'il rasait un
client.

La femme, tout en tricotant un bas, murmura : — «Encore une de moins, et une

avare, celle-là, comme il n'y en avait pas beaucoup. Je ne l'aimais guère, c'est vrai; il faudra tout de même que j'aille la voir. »

Le mari grogna, tout en savonnant le menton du patient : — « En voilà, des fantaisies! Il n'y a que les femmes pour ça. Ce n'est pas assez de vous embêter pendant la vie, elles ne peuvent seulement pas vous laisser tranquille après la mort. » — Mais son épouse, sans se déconcerter, reprit : — « C'est plus fort que moi; faut que j'y aille. Ça me tient depuis ce matin. Si je ne la voyais pas, il me semble que j'y penserais toute ma vie. Mais quand je l'aurai bien regardée pour prendre sa figure, je serai satisfaite après. »

L'homme au rasoir haussa les épaules et confia au monsieur dont il grattait la joue : — « Je vous demande un peu quelles idées ça vous a, ces sacrées femelles! Ce n'est pas moi qui m'amuserais à voir un mort! » — Mais sa femme l'avait entendu, et elle répondit sans se troubler : — « C'est comme ça, c'est comme ça. » — Puis, posant son tricot sur le comptoir, elle monta au premier étage.

Deux voisines étaient déjà venues et causaient de l'accident avec Mme Caravan, qui racontait les détails.

On se dirigea vers la chambre mortuaire. Les quatre femmes entrèrent à pas de loup,

aspergèrent le drap l'une après l'autre avec
l'eau salée, s'agenouillèrent, firent le signe
de la croix en marmottant une prière, puis,
s'étant relevées, les yeux agrandis, la bouche
entr'ouverte, considérèrent longuement le cadavre, pendant que la belle-fille de la morte,
un mouchoir sur la figure, simulait un hoquet
désespéré.

Quand elle se retourna pour sortir, elle
aperçut, debout près de la porte, Marie-Louise
et Philippe-Auguste, tous deux en chemise,
qui regardaient curieusement. Alors, oubliant
son chagrin de commande, elle se précipita
sur eux, la main levée, en criant d'une voix
rageuse : — «Voulez-vous bien filer, bougres
de polissons!»

Étant remontée dix minutes plus tard avec
une fournée d'autres voisines, après avoir de
nouveau secoué le buis sur sa belle-mère,
prié, larmoyé, accompli tous ses devoirs, elle
retrouva ses deux enfants revenus ensemble
derrière elle. Elle les talocha encore par conscience; mais, la fois suivante, elle n'y prit
plus garde; et, à chaque retour de visiteurs,
les deux mioches suivaient toujours, s'age-
nouillant aussi dans un coin et répétant invariablement tout ce qu'ils voyaient faire à
leur mère.

Au commencement de l'après-midi, la foule

des curieuses diminua. Bientôt il ne vint plus
personne. Mme Caravan, rentrée chez elle,
s'occupait à tout préparer pour la cérémonie
funèbre; et la morte resta solitaire.

La fenêtre de la chambre était ouverte. Une
chaleur torride entrait avec des bouffées de
poussière; les flammes des quatre bougies
s'agitaient auprès du corps immobile; et sur
le drap, sur la face aux yeux fermés, sur les
deux mains allongées, des petites mouches
grimpaient, allaient, venaient, se promenaient
sans cesse, visitaient la vieille, attendant leur
heure prochaine.

Mais Marie-Louise et Philippe-Auguste
étaient repartis vagabonder dans l'avenue. Ils
furent bientôt entourés de camarades, de petites filles surtout, plus éveillées, flairant plus
vite tous les mystères de la vie. Et elles inter-
rogeaient comme les grandes personnes. —
«Ta grand'maman est morte? — «Oui, hier
au soir.» — «Comment c'est, un mort?»
— Et Marie-Louise expliquait, racontait les
bougies, le buis, la figure. Alors une grande
curiosité s'éveilla chez tous les enfants; et ils
demandèrent aussi à monter chez la trépassée.

Aussitôt, Marie-Louise organisa un premier
voyage, cinq filles et deux garçons : les plus
grands, les plus hardis. Elle les força à retirer
leurs souliers pour ne point être découverts;

la troupe se faufila dans la maison et monta
lestement comme une armée de souris.

Une fois dans la chambre, la fillette, imitant sa mère, régla le cérémonial. Elle guida
solennellement ses camarades, s'agenouilla,
fit le signe de la croix, remua les lèvres, se
releva, aspergea le lit, et pendant que les enfants, en un tas serré, s'approchaient, effrayés,
curieux et ravis pour contempler le visage et
les mains, elle se mit soudain à simuler des
sanglots en se cachant les yeux dans son petit
mouchoir. Puis, consolée brusquement en
songeant à ceux qui attendaient devant la
porte, elle entraîna, en courant, tout son
monde pour ramener bientôt un autre groupe,
puis un troisième; car tous les galopins du
pays, jusqu'aux petits mendiants en loques,
accouraient à ce plaisir nouveau; et elle recommençait chaque fois les simagrées mater-
nelles avec une perfection absolue.

A la longue, elle se fatigua. Un autre jeu
entraîna les enfants au loin; et la vieille grand'-
mère demeura seule, oubliée tout à fait, par
tout le monde.

L'ombre emplit la chambre, et sur sa figure
sèche et ridée la flamme remuante des lumières faisait danser des clartés.

Vers huit heures Caravan monta, ferma
la fenêtre et renouvela les bougies. Il entrait

maintenant d'une façon tranquille, accoutumé
déjà à considérer le cadavre comme s'il était
là depuis des mois. Il constata même qu'aucune décomposition n'apparaissait encore, et
il en fit la remarque à sa femme au moment
où ils se mettaient à table pour dîner. Elle
répondit : — « Tiens, elle est en bois; elle se
conserverait un an. »

On mangea le potage sans prononcer une
parole. Les enfants, laissés libres tout le jour,
exténués de fatigue, sommeillaient sur leurs
chaises et tout le monde restait silencieux.

Soudain la clarté de la lampe baissa.

Mme Caravan aussitôt remonta la clef; mais
l'appareil rendit un son creux, un bruit de
gorge prolongé, et la lumière s'éteignit. On
avait oublié d'acheter de l'huile! Aller chez
l'épicier retarderait le dîner, on chercha des
bougies; mais il n'y en avait plus d'autres
que celles allumées en haut sur la table de
nuit.

Mme Caravan, prompte en ses décisions,
envoya bien vite Marie-Louise en prendre
deux; et l'on attendait dans l'obscurité.

On entendait distinctement les pas de la
fillette qui montait l'escalier. Il y eut ensuite
un silence de quelques secondes; puis l'enfant redescendit précipitamment. Elle ouvrit
la porte, effarée, plus émue encore que la

veille en annonçant la catastrophe, et elle murmura, suffoquant : — «Oh! papa, grand'maman s'habille! »

Caravan se dressa avec un tel sursaut que sa chaise alla rouler contre le mur. Il balbutia : — «Tu dis?... Qu'est-ce que tu dis là?...»

Mais Marie-Louise, étranglée par l'émotion, répéta : — «Grand'... grand'... grand'maman s'habille... elle va descendre. »

Il s'élança dans l'escalier follement, suivi de sa femme abasourdie; mais devant la porte du second il s'arrêta, secoué par l'épouvante, n'osant pas entrer. Qu'allait-il voir? — Mme Caravan, plus hardie, tourna la serrure et pénétra dans la chambre.

La pièce semblait devenue plus sombre; et, au milieu, une grande forme maigre remuait. Elle était debout, la vieille; et en s'éveillant du sommeil léthargique, avant même que la connaissance lui fût en plein revenue, se tournant de côté et se soulevant sur un coude, elle avait soufflé trois des bougies qui brûlaient près du lit mortuaire. Puis, reprenant des forces, elle s'était levée pour chercher ses hardes. Sa commode partie l'avait troublée d'abord, mais peu à peu elle avait retrouvé ses affaires tout au fond du coffre à bois, et s'était tranquillement habillée. Ayant ensuite vidé l'assiette remplie d'eau, replacé le buis derrière la glace et remis les chaises à leur place, elle était prête à descendre, quand apparurent devant elle son fils et sa belle-fille.

Caravan se précipita, lui saisit les mains, l'embrassa, les larmes aux yeux; tandis que sa femme, derrière lui, répétait d'un air hy-pocrite : — «Quel bonheur, oh! quel bon-heur!»

Mais la vieille, sans s'attendrir, sans même avoir l'air de comprendre, roide comme une statue, et l'œil glacé, demanda seulement : — «Le dîner est-il bientôt prêt?» — Il bal-butia, perdant la tête : — «Mais oui, ma-man, nous t'attendions.» — Et, avec un empressement inaccoutumé, il prit son bras, pendant que Mme Caravan la jeune saisissait la bougie, les éclairait, descendant l'escalier devant eux, à reculons et marche à marche, comme elle avait fait, la nuit même, devant son mari qui portait le marbre.

En arrivant au premier étage, elle faillit se heurter contre des gens qui montaient. C'était la famille de Charenton, Mme Braux suivie de son époux.

La femme, grande, grosse, avec un ventre d'hydropique qui rejetait le torse en arrière, ouvrait des yeux effarés, prête à fuir. Le mari, un cordonnier socialiste, petit homme poilu jusqu'au nez, tout pareil à un singe, murmura sans s'émouvoir : — «Eh bien, quoi? Elle ressuscite!»

Aussitôt que Mme Caravan les eut reconnus, elle leur fit des signes désespérés; puis, tout haut : — «Tiens! comment!... vous voilà! Quelle bonne surprise!»

Mais Mme Braux, abasourdie, ne comprenait pas; elle répondit à demi-voix : — «C'est votre dépêche qui nous a fait venir, nous croyions que c'était fini.»

Son mari, derrière elle, la pinçait pour la faire taire. Il ajouta avec un rire malin caché dans sa barbe épaisse : — «C'est bien aimable à vous de nous avoir invités. Nous sommes venus tout de suite,» — faisant allusion ainsi à l'hostilité qui régnait depuis longtemps entre les deux ménages. Puis, comme la vieille arrivait aux dernières marches, il s'avança vivement et frotta contre ses joues le poil qui lui couvrait la face, en criant dans son oreille, à cause de sa surdité : — «Ça va bien, la mère, toujours solide, hein?»

Mme Braux, dans sa stupeur de voir bien vivante celle qu'elle s'attendait à retrouver morte, n'osait pas même l'embrasser; et son ventre énorme encombrait tout le palier, empêchant les autres d'avancer.

La vieille, inquiète et soupçonneuse, mais sans parler jamais, regardait tout ce monde autour d'elle; et son petit œil gris, scrutateur et dur, se fixait tantôt sur l'un, tantôt sur l'autre, plein de pensées visibles qui gênaient ses enfants.

Caravan dit, pour expliquer : — «Elle a été un peu souffrante, mais elle va bien maintenant, tout à fait bien, n'est-ce pas, mère?»

Alors la bonne femme, se remettant en marche, répondit de sa voix cassée, comme lointaine : — «C'est une syncope; je vous entendais tout le temps.»

Un silence embarrassé suivit. On pénétra dans la salle; puis on s'assit devant un dîner improvisé en quelques minutes.

Seul, M. Braux avait gardé son aplomb. Sa figure de gorille méchant grimaçait; et il lâchait des mots à double sens qui gênaient visiblement tout le monde.

Mais à chaque instant le timbre du vestibule sonnait; et Rosalie éperdue venait chercher Caravan qui s'élançait en jetant sa serviette. Son beau-frère lui demanda même si c'était son jour de réception. Il balbutia : — «Non des commissions, rien du tout.»

Puis, comme on apportait un paquet, il l'ouvrit étourdiment, et des lettres de faire part, encadrées de noir, apparurent. Alors, rougissant jusqu'aux yeux, il referma l'enveloppe et l'engloutit dans son gilet.

Sa mère ne l'avait pas vu ; elle regardait obstinément sa pendule dont le bilboquet doré se balançait sur la cheminée. Et l'embarras grandissait au milieu d'un silence glacial.

Alors la vieille, tournant vers sa fille sa face ridée de sorcière, eut dans les yeux un frisson de malice et prononça : — « Lundi, tu m'amèneras ta petite, je veux la voir. » — Mme Braux, la figure illuminée, cria : — « Oui maman, » — tandis que Mme Caravan la jeune, devenue pâle, défaillait d'angoisse.

Cependant, les deux hommes, peu à peu, se mirent à causer ; et ils entamèrent, à propos de rien, une discussion politique. Braux, soutenant les doctrines révolutionnaires et communistes, se démenait, les yeux allumés dans son visage poilu, criant : — « La propriété, monsieur, c'est un vol au travailleur ; — la terre appartient à tout le monde ; — l'héritage est une infamie et une honte !... » — Mais il s'arrêta brusquement, confus comme un homme qui vient de dire une sottise ; puis, d'un ton plus doux, il ajouta : — « Mais ce n'est pas le moment de discuter ces choses-là. »

La porte s'ouvrit ; le *docteur* Chenet parut. Il eut une seconde d'effarement, puis il reprit contenance, et s'approchant de la vieille femme : — «Ah! ah! la maman! ça va bien aujourd'hui. Oh! je m'en doutais, voyez-vous; et je me disais à moi-même tout à l'heure, en montant l'escalier : Je parie qu'elle sera debout, l'ancienne.» — Et lui tapant doucement dans le dos : — «Elle est solide comme le Pont-Neuf; elle nous enterrera tous, vous verrez.»

Il s'assit, acceptant le café qu'on lui offrait, et se mêla bientôt à la conversation des deux hommes, approuvant Braux, car il avait été lui-même compromis dans la Commune.

Or, la vieille, se sentant fatiguée, voulut partir. Caravan se précipita. Alors elle le fixa dans les yeux et lui dit : — «Toi, tu vas me remonter tout de suite ma commode et ma pendule.» — Puis, comme il bégayait : — «Oui, maman,» — elle prit le bras de sa fille et disparut avec elle.

Les deux Caravan demeurèrent effarés, muets, effondrés dans un affreux désastre, tandis que Braux se frottait les mains en sirotant son café.

Soudain Mme Caravan, affolée de colère, s'élança sur lui, hurlant : — «Vous êtes un voleur, un gredin, une canaille... Je vous crache à la figure, je vous... je vous...» Elle ne trouvait rien, suffoquant; mais lui, riait, buvant toujours.

Puis, comme sa femme revenait justement, elle s'élança vers sa belle-sœur; et toutes deux, l'une énorme avec son ventre menaçant, l'autre épileptique et maigre, la voix changée, la main tremblante, s'envoyèrent à pleine gueule des hottées d'injures.

Chenet et Braux s'interposèrent, et ce dernier, poussant sa moitié par les épaules, la jeta dehors en criant : — «Va donc, bourrique, tu brais trop!»

Et on les entendit dans la rue qui se chamaillaient en s'éloignant.

M. Chenet prit congé.

Les Caravan restèrent face à face.

Alors l'homme tomba sur une chaise avec une sueur froide aux tempes, et murmura : — «Qu'est-ce que je vais dire à mon chef?»

En famille a paru dans la *Nouvelle Revue* du 15 février 1881.

———

VARIANTES.

Page 146, ligne 5, dans la *Revue : maigriotte.*
Page 158, ligne 8, *comme* endormis...
Page 158, ligne 21, ébranl*ant* et accentu*ant...*
Page 162, ligne 4, Quand il *arriva près du* pont...
Page 181, ligne 17, comme il *demeurait bégayant...*

SUR L'EAU

SUR L'EAU.

J'AVAIS loué, l'été dernier, une petite maison de campagne au bord de la Seine,
à plusieurs lieues de Paris, et j'allais y coucher tous les soirs. Je fis, au bout de quelques
jours, la connaissance d'un de mes voisins,
un homme de trente à quarante ans, qui était
bien le type le plus curieux que j'eusse jamais vu. C'était un vieux canotier, mais un
canotier enragé, toujours près de l'eau, toujours sur l'eau, toujours dans l'eau. Il devait
être né dans un canot, et il mourra bien certainement dans le canotage final.

Un soir que nous nous promenions au bord
de la Seine, je lui demandai de me raconter
quelques anecdotes de sa vie nautique. Voilà
immédiatement mon bonhomme qui s'anime,
se transfigure, devient éloquent, presque

poète. Il avait dans le cœur une grande passion, une passion dévorante, irrésistible : la
rivière.

— Ah! me dit-il, combien j'ai de souvenirs sur cette rivière que vous voyez couler là
près de nous! Vous autres, habitants des rues,
vous ne savez pas ce qu'est la rivière. Mais
écoutez un pêcheur prononcer ce mot. Pour
lui, c'est la chose mystérieuse, profonde, inconnue, le pays des mirages et des fantasmagories, où l'on voit, la nuit, des choses qui
ne sont pas, où l'on entend des bruits que
l'on ne connaît point, où l'on tremble sans
savoir pourquoi, comme en traversant un cimetière : et c'est en effet le plus sinistre des
cimetières, celui où l'on n'a point de tombeau.

La terre est bornée pour le pêcheur, et dans
l'ombre, quand il n'y a pas de lune, la rivière
est illimitée. Un marin n'éprouve point la
même chose pour la mer. Elle est souvent
dure et méchante, c'est vrai, mais elle crie,
elle hurle, elle est loyale, la grande mer; tandis que la rivière est silencieuse et perfide.
Elle ne gronde pas, elle coule toujours sans
bruit, et ce mouvement éternel de l'eau qui
coule est plus effrayant pour moi que les
hautes vagues de l'Océan.

Des rêveurs prétendent que la mer cache
dans son sein d'immenses pays bleuâtres, où

les noyés roulent parmi les grands poissons, au milieu d'étranges forêts et dans des grottes de cristal. La rivière n'a que des profondeurs noires où l'on pourrit dans la vase. Elle est belle pourtant quand elle brille au soleil levant et qu'elle clapote doucement entre ses berges couvertes de roseaux qui murmurent.

Le poète a dit en parlant de l'Océan :

O flots, que vous savez de lugubres histoires !
Flots profonds, redoutés des mères à genoux,
Vous vous les racontez en montant les marées
Et c'est ce qui vous fait ces voix désespérées
Que vous avez, le soir, quand vous venez vers nous.

Eh bien, je crois que les histoires chuchotées par les roseaux minces avec leurs petites voix si douces doivent être encore plus sinistres que les drames lugubres racontés par les hurlements des vagues.

Mais puisque vous me demandez quelques-uns de mes souvenirs, je vais vous dire une singulière aventure qui m'est arrivée ici, il y a une dizaine d'années.

J'habitais, comme aujourd'hui, la maison de la mère Lafon, et un de mes meilleurs camarades, Louis Bernet, qui a maintenant renoncé au canotage, à ses pompes et à son débraillé pour entrer au Conseil d'État, était installé au village de C..., deux lieues plus bas. Nous dînions tous les jours ensemble, tantôt chez lui, tantôt chez moi.

Un soir, comme je revenais tout seul et assez fatigué, traînant péniblement mon gros bateau, un *océan* de douze pieds, dont je me servais toujours la nuit, je m'arrêtai quelques secondes pour reprendre haleine auprès de la pointe des roseaux, là-bas, deux cents mètres environ avant le pont du chemin de fer. Il faisait un temps magnifique; la lune resplendissait, le fleuve brillait, l'air était calme et doux. Cette tranquillité me tenta; je me dis qu'il ferait bien bon fumer une pipe en cet endroit. L'action suivit la pensée; je saisis mon ancre et la jetai dans la rivière.

Le canot, qui redescendait avec le courant, fila sa chaîne jusqu'au bout, puis s'arrêta; et je m'assis à l'arrière sur ma peau de mouton, aussi commodément qu'il me fut possible. On n'entendait rien, rien : parfois seulement, je croyais saisir un petit clapotement presque insensible de l'eau contre la rive, et j'apercevais des groupes de roseaux plus élevés qui prenaient des figures surprenantes et semblaient par moments s'agiter.

Le fleuve était parfaitement tranquille, mais je me sentis ému par le silence extraordinaire qui m'entourait. Toutes les bêtes, grenouilles et crapauds, ces chanteurs nocturnes des marécages, se taisaient. Soudain, à ma droite, contre moi, une grenouille coassa. Je tressaillis : elle se tut; je n'entendis plus rien, et je résolus de fumer un peu pour me distraire. Cependant, quoique je fusse un culotteur de pipes renommé, je ne pus pas; dès la seconde bouffée, le cœur me tourna et je cessai. Je me mis à chantonner; le son de ma voix m'était pénible; alors je m'étendis au fond du bateau et je regardai le ciel. Pendant quelque temps, je demeurai tranquille, mais bientôt les légers mouvements de la barque m'inquiétèrent. Il me sembla qu'elle faisait des embardées gigantesques, touchant tour à tour les deux berges du fleuve; puis je crus qu'un être ou qu'une force invisible l'attirait doucement au fond de l'eau et la soulevait ensuite pour la laisser retomber. J'étais ballotté comme au milieu d'une tempête; j'entendis des bruits autour de moi; je me dressai d'un bond : l'eau brillait, tout était calme.

Je compris que j'avais les nerfs un peu ébranlés et je résolus de m'en aller. Je tirai sur ma chaîne; le canot se mit en mouvement, puis je sentis une résistance, je tirai plus fort, l'ancre ne vint pas; elle avait accroché quelque chose au fond de l'eau et je ne pouvais la soulever; je recommençai à tirer, mais inutilement. Alors, avec mes avirons, je

fis tourner mon bateau et je le portai en
amont pour changer la position de l'ancre.
Ce fut en vain, elle tenait toujours; je fus
pris de colère et je secouai la chaîne rageusement. Rien ne remua. Je m'assis découragé
et je me mis à réfléchir sur ma position. Je ne
pouvais songer à casser cette chaîne ni à la
séparer de l'embarcation, car elle était énorme
et rivée à l'avant dans un morceau de bois
plus gros que mon bras; mais comme le
temps demeurait fort beau, je pensai que je ne
tarderais point, sans doute, à rencontrer quelque pêcheur qui viendrait à mon secours.
Ma mésaventure m'avait calmé; je m'assis et
je pus enfin fumer ma pipe. Je possédais une
bouteille de rhum, j'en bus deux ou trois
verres, et ma situation me fit rire. Il faisait
très chaud, de sorte qu'à la rigueur je pouvais, sans grand mal, passer la nuit à la belle
étoile.

Soudain, un petit coup sonna contre mon
bordage. Je fis un soubresaut, et une sueur
froide me glaça des pieds à la tête. Ce bruit
venait sans doute de quelque bout de bois
entraîné par le courant, mais cela avait suffi
et je me sentis envahi de nouveau par une
étrange agitation nerveuse. Je saisis ma chaîne
et je me raidis dans un effort désespéré.
L'ancre tint bon. Je me rassis épuisé.

Cependant, la rivière s'était peu à peu couverte d'un brouillard blanc très épais qui rampait sur l'eau fort bas, de sorte que, en me dressant debout, je ne voyais plus le fleuve, ni mes pieds, ni mon bateau, mais j'apercevais seulement les pointes des roseaux, puis, plus loin, la plaine toute pâle de la lumière de la lune, avec de grandes taches noires qui montaient dans le ciel, formées par des groupes de peupliers d'Italie. J'étais comme enseveli jusqu'à la ceinture dans une nappe de coton d'une blancheur singulière, et il me venait des imaginations fantastiques. Je me figurais qu'on essayait de monter dans ma barque que je ne pouvais plus distinguer, et que la rivière, cachée par ce brouillard opaque, devait être pleine d'êtres étranges qui nageaient autour de moi. J'éprouvais un malaise horrible, j'avais les tempes serrées, mon cœur battait à m'étouffer; et, perdant la tête, je pensai à me sauver à la nage; puis aussitôt cette idée me fit frissonner d'épouvante. Je me vis, perdu, allant à l'aventure dans cette brume épaisse, me débattant au milieu des herbes et des roseaux que je ne pourrais éviter, râlant de peur, ne voyant pas la berge, ne retrouvant plus mon bateau, et il me semblait que je me sentirais tiré par les pieds tout au fond de cette eau noire.

En effet, comme il m'eût fallu remonter le courant au moins pendant cinq cents mètres avant de trouver un point libre d'herbes et de joncs où je pusse prendre pied, il y avait pour moi neuf chances sur dix de ne pouvoir me diriger dans ce brouillard et de me noyer, quelque bon nageur que je fusse.

J'essayai de me raisonner. Je me sentais la volonté bien ferme de ne point avoir peur, mais il y avait en moi autre chose que ma volonté, et cette autre chose avait peur. Je me demandai ce que je pouvais redouter; mon *moi* brave railla mon *moi* poltron, et jamais aussi bien que ce jour-là je ne saisis l'opposition des deux êtres qui sont en nous, l'un voulant, l'autre résistant, et chacun l'emportant tour à tour.

Cet effroi bête et inexplicable grandissait toujours et devenait de la terreur. Je demeurais immobile, les yeux ouverts, l'oreille tendue et attendant. Quoi? Je n'en savais rien, mais ce devait être terrible. Je crois que si un poisson se fût avisé de sauter hors de l'eau, comme cela arrive souvent, il n'en aurait pas fallu davantage pour me faire tomber roide, sans connaissance.

Cependant, par un effort violent, je finis par ressaisir à peu près ma raison qui m'échappait. Je pris de nouveau ma bouteille de

rhum et je bus à grands traits. Alors une idée
me vint et je me mis à crier de toutes mes
forces en me tournant successivement vers les
quatre points de l'horizon. Lorsque mon gosier fut absolument paralysé, j'écoutai. — Un
chien hurlait, très loin.

Je bus encore et je m'étendis tout de mon
long au fond du bateau. Je restai ainsi peut-
être une heure, peut-être deux, sans dormir,
les yeux ouverts, avec des cauchemars autour
de moi. Je n'osais pas me lever et pourtant
je le désirais violemment; je remettais de minute en minute. Je me disais : — «Allons,
debout!» et j'avais peur de faire un mouvement. A la fin, je me soulevai avec des précautions infinies, comme si ma vie eût dé-
pendu du moindre bruit que j'aurais fait, et
je regardai par-dessus le bord.

Je fus ébloui par le plus merveilleux, le
plus étonnant spectacle qu'il soit possible
de voir. C'était une de ces fantasmagories du
pays des fées, une de ces visions racontées
par les voyageurs qui reviennent de très loin
et que nous écoutons sans les croire.

Le brouillard qui, deux heures auparavant,
flottait sur l'eau, s'était peu à peu retiré et
ramassé sur les rives. Laissant le fleuve absolument libre, il avait formé sur chaque
berge une colline ininterrompue, haute de

six ou sept mètres, qui brillait sous la lune avec l'éclat superbe des neiges. De sorte qu'on ne voyait rien autre chose que cette rivière lamée de feu entre ces deux montagnes blanches; et là-haut, sur ma tête, s'étalait, pleine et large, une grande lune illuminante au milieu d'un ciel bleuâtre et laiteux.

Toutes les bêtes de l'eau s'étaient réveillées; les grenouilles coassaient furieusement, tandis que, d'instant en instant, tantôt à droite, tantôt à gauche, j'entendais cette note courte, monotone et triste, que jette aux étoiles la voix cuivrée des crapauds. Chose étrange, je n'avais plus peur; j'étais au milieu d'un paysage tellement extraordinaire que les singularités les plus fortes n'eussent pu m'étonner.

Combien de temps cela dura-t-il, je n'en sais rien, car j'avais fini par m'assoupir. Quand je rouvris les yeux, la lune était couchée, le ciel plein de nuages. L'eau clapotait lugubrement, le vent soufflait, il faisait froid, l'obscurité était profonde.

Je bus ce qui me restait de rhum, puis j'écoutai en grelottant le froissement des roseaux et le bruit sinistre de la rivière. Je cherchai à voir, mais je ne pus distinguer mon bateau, ni mes mains elles-mêmes, que j'approchais de mes yeux.

Peu à peu, cependant, l'épaisseur du noir diminua. Soudain je crus sentir qu'une ombre glissait tout près de moi; je poussai un cri, une voix répondit; c'était un pêcheur. Je l'appelai, il s'approcha et je lui racontai ma mésaventure. Il mit alors son bateau bord à bord avec le mien, et tous les deux nous tirâmes sur la chaîne. L'ancre ne remua pas. Le jour venait, sombre, gris, pluvieux, glacial, une de ces journées qui vous apportent des tristesses et des malheurs. J'aperçus une autre barque, nous la hélâmes. L'homme qui la montait unit ses efforts aux nôtres; alors, peu à peu, l'ancre céda. Elle montait, mais doucement, doucement, et chargée d'un poids considérable. Enfin nous aperçûmes une masse noire, et nous la tirâmes à mon bord :

C'était le cadavre d'une vieille femme qui avait une grosse pierre au cou.

LA FEMME DE PAUL

LA FEMME DE PAUL.

L E restaurant Grillon, ce phalanstère des
canotiers, se vidait lentement. C'était,
devant la porte, un tumulte de cris,
d'appels; et les grands gaillards en maillot
blanc gesticulaient avec des avirons sur
l'épaule.

Les femmes, en claire toilette de printemps, embarquaient avec précaution dans
les yoles, et, s'asseyant à la barre, disposaient
leurs robes, tandis que le maître de l'établissement, un fort garçon à barbe rousse, d'une
vigueur célèbre, donnait la main aux belles
petites en maintenant d'aplomb les frêles
embarcations.

Les rameurs prenaient place à leur tour,
bras nus et la poitrine bombée, posant pour
la galerie, une galerie composée de bourgeois

endimanchés, d'ouvriers et de soldats accou-
dés sur la balustrade du pont et très attentifs
à ce spectacle.

Les bateaux, un à un, se détachaient du
ponton. Les tireurs se penchaient en avant,
puis se renversaient d'un mouvement régulier; et, sous l'impulsion des longues rames
recourbées, les yoles rapides glissaient sur
la rivière, s'éloignaient, diminuaient, disparaissaient enfin sous l'autre pont, celui du
chemin de fer, en descendant vers la *Grenouillère.*

Un couple seul était resté. Le jeune homme,
presque imberbe encore, mince, le visage
pâle, tenait par la taille sa maîtresse, une petite brune maigre avec des allures de saute-
relle; et ils se regardaient parfois au fond
des yeux.

Le patron cria : — «Allons, monsieur Paul,
dépêchez-vous.» Et ils s'approchèrent.

De tous les clients de la maison, M. Paul
était le plus aimé et le plus respecté. Il payait
bien et régulièrement, tandis que les autres
se faisaient longtemps tirer l'oreille, à moins
qu'ils ne disparussent, insolvables. Puis il
constituait pour l'établissement une sorte de
réclame vivante, car son père était sénateur.
Et quand un étranger demandait : — «Qui
est-ce donc ce petit-là, qui en tient si fort

pour sa donzelle?» quelque habitué répondait à mi-voix, d'un air important et mystérieux : — «C'est Paul Baron, vous savez? le fils du sénateur.» — Et l'autre, invariablement, ne pouvait s'empêcher de dire : — «Le pauvre diable! Il n'est pas à moitié pincé.»

La mère Grillon, une brave femme, entendue au commerce, appelait le jeune homme et sa compagne : «ses deux tourtereaux», et semblait tout attendrie par cet amour avantageux pour sa maison.

Le couple s'en venait à petits pas; la yole *Madeleine* était prête; mais, au moment de monter dedans, ils s'embrassèrent, ce qui fit rire le public amassé sur le pont. Et M. Paul, prenant ses rames, partit aussi pour la Grenouillère.

Quand ils arrivèrent, il allait être trois heures, et le grand café flottant regorgeait de monde.

L'immense radeau, couvert d'un toit goudronné que supportent des colonnes de bois, est relié à l'île charmante de Croissy par deux passerelles dont l'une pénètre au milieu de cet établissement aquatique, tandis que l'autre en fait communiquer l'extrémité avec un îlot minuscule planté d'un arbre et surnommé le «Pot-à-Fleurs», et, de là, gagne la terre auprès du bureau des bains.

M. Paul attacha son embarcation le long
de l'établissement, il escalada la balustrade
du café, puis, prenant les mains de sa maîtresse, il l'enleva, et tous deux s'assirent au
bout d'une table, face à face.

De l'autre côté du fleuve, sur le chemin de
halage, une longue file d'équipages s'alignait.
Les fiacres alternaient avec de fines voitures
de gommeux : les uns lourds, au ventre
énorme écrasant les ressorts, attelés d'une
rosse au cou tombant, aux genoux cassés;
les autres sveltes, élancées sur des roues
minces, avec des chevaux aux jambes grêles
et tendues, au cou dressé, au mors neigeux
d'écume, tandis que le cocher, gourmé dans
sa livrée, la tête roide en son grand col, demeurait les reins inflexibles et le fouet sur un
genou.

La berge était couverte de gens qui s'en
venaient par familles, ou par bandes, ou deux
par deux, ou solitaires. Ils arrachaient des
brins d'herbe, descendaient jusqu'à l'eau,
remontaient sur le chemin, et tous, arrivés
au même endroit, s'arrêtaient, attendant le
passeur. Le lourd bachot allait sans fin d'une
rive à l'autre, déchargeant dans l'île ses voyageurs.

Le bras de la rivière (qu'on appelle le bras
mort), sur lequel donne ce ponton à consom-

mations, semblait dormir, tant le courant
était faible. Des flottes de yoles, de skifs, de
périssoires, de podoscaphes, de gigs, d'embarcations de toute forme et de toute nature,
filaient sur l'onde immobile, se croisant, se
mêlant, s'abordant, s'arrêtant brusquement
d'une secousse des bras pour s'élancer de nouveau sous une brusque tension des muscles,
et glisser vivement comme de longs poissons
jaunes ou rouges.

Il en arrivait d'autres sans cesse : les unes
de Chatou, en amont; les autres de Bougival, en aval; et des rires allaient sur l'eau d'une
barque à l'autre, des appels, des interpella-
tions ou des engueulades. Les canotiers ex-
posaient à l'ardeur du jour la chair brunie et
bosselée de leurs biceps; et pareilles à des
fleurs étranges, à des fleurs qui nageraient,
les ombrelles de soie rouge, verte, bleue ou
jaune des barreuses s'épanouissaient à l'arrière des canots.

Un soleil de juillet flambait au milieu du
ciel; l'air semblait plein d'une gaieté brûlante; aucun frisson de brise ne remuait les
feuilles des saules et des peupliers.

Là-bas, en face, l'inévitable Mont-Valérien
étageait dans la lumière crue ses talus for-
tifiés; tandis qu'à droite, l'adorable coteau
de Louveciennes, tournant avec le fleuve,

s'arrondissait en demi-cercle, laissant passer
par places, à travers la verdure puissante et
sombre des grands jardins, les blanches mu-
railles des maisons de campagne.

Aux abords de la Grenouillère, une foule
de promeneurs circulait sous les arbres géants
qui font de ce coin d'île le plus délicieux
parc du monde. Des femmes, des filles aux
cheveux jaunes, aux seins démesurément re-
bondis, à la croupe exagérée, au teint plâtré
de fard, aux yeux charbonnés, aux lèvres
sanguinolentes, lacées, sanglées en des robes
extravagantes, traînaient sur les frais gazons
le mauvais goût criard de leurs toilettes; tandis qu'à côté d'elles des jeunes gens posaient
en leurs accoutrements de gravures de modes,
avec des gants clairs, des bottes vernies, des
badines grosses comme un fil et des mo-
nocles ponctuant la niaiserie de leur sourire.

L'île est étranglée juste à la Grenouillère,
et sur l'autre bord, où un bac aussi fonc-
tionne amenant sans cesse les gens de Croissy,
le bras rapide, plein de tourbillons, de remous, d'écume, roule avec des allures de
torrent. Un détachement de pontonniers,
en uniforme d'artilleurs, est campé sur cette
berge, et les soldats, assis en ligne sur une
longue poutre, regardaient couler l'eau.

Dans l'établissement flottant, c'était une

cohue furieuse et hurlante. Les tables de
bois, où les consommations répandues faisaient de minces ruisseaux poisseux, étaient
couvertes de verres à moitié vides et entourées de gens à moitié gris. Toute cette foule
criait, chantait, braillait. Les hommes, le
chapeau en arrière, la face rougie, avec des
yeux luisants d'ivrognes, s'agitaient en voci-
férant par un besoin de tapage naturel aux
brutes. Les femmes, cherchant une proie
pour le soir, se faisaient payer à boire en attendant; et, dans l'espace libre entre les tables,
dominait le public ordinaire du lieu, un bataillon de canotiers *chahuteurs* avec leurs compagnes en courte jupe de flanelle.

Un d'eux se démenait au piano et semblait
jouer des pieds et des mains; quatre couples
bondissaient un quadrille; et des jeunes gens
les regardaient, élégants, corrects, qui auraient semblé comme il faut si la tare, malgré
tout, n'eût apparu.

Car on sent là, à pleines narines, toute
l'écume du monde, toute la crapulerie dis-
tinguée, toute la moisissure de la société
parisienne : mélange de calicots, de cabotins,
d'infimes journalistes, de gentilshommes en
curatelle, de boursicotiers véreux, de noceurs
tarés, de vieux viveurs pourris; cohue in-
terlope de tous les êtres suspects, à moitié

connus, à moitié perdus, à moitié salués, à
moitié déshonorés, filous, fripons, procureurs
de femmes, chevaliers d'industrie à l'allure
digne, à l'air matamore qui semble dire :
« Le premier qui me traite de gredin, je le
crève. »

Ce lieu sue la bêtise, pue la canaillerie et
la galanterie de bazar. Mâles et femelles s'y
valent. Il y flotte une odeur d'amour, et l'on
s'y bat pour un oui ou pour un non, afin de
soutenir des réputations vermoulues que les
coups d'épée et les balles de pistolet ne font
que crever davantage.

Quelques habitants des environs y passent
en curieux, chaque dimanche; quelques
jeunes gens, très jeunes, y apparaissent
chaque année, apprenant à vivre. Des promeneurs, flânant, s'y montrent; quelques naïfs
s'y égarent.

C'est, avec raison, nommé la *Grenouillère*.
A côté du radeau couvert où l'on boit, et
tout près du « Pot-à-Fleurs », on se baigne.
Celles des femmes dont les rondeurs sont
suffisantes viennent là montrer à nu leur éta-
lage et faire le client. Les autres, dédaigneuses,
bien qu'amplifiées par le coton, étayées de
ressorts, redressées par-ci, modifiées par-là,
regardent d'un air méprisant barboter leurs
sœurs.

Sur une petite plate-forme, les nageurs se pressent pour piquer leur tête. Ils sont longs comme des échalas, ronds comme des citrouilles, noueux comme des branches d'olivier, courbés en avant ou rejetés en arrière par l'ampleur du ventre, et, invariablement laids, ils sautent dans l'eau qui rejaillit jusque sur les buveurs du café.

Malgré les arbres immenses penchés sur la maison flottante et malgré le voisinage de l'eau, une chaleur suffocante emplissait ce lieu. Les émanations des liqueurs répandues se mêlaient à l'odeur des corps et à celle des parfums violents dont la peau des marchandes d'amour est pénétrée et qui s'évaporaient dans cette fournaise. Mais sous toutes ces senteurs diverses flottait un arome léger de poudre de riz qui parfois disparaissait, qu'on retrouvait toujours, comme si quelque main cachée eût secoué dans l'air une houppe invisible.

Le spectacle était sur le fleuve, où le va-et-vient incessant des barques tirait les yeux. Les canotières s'étalaient dans leur fauteuil en face de leurs mâles aux forts poignets, et elles considéraient avec mépris les quêteuses de dîners rôdant par l'île.

Quelquefois, quand une équipe lancée passait à toute vitesse, les amis descendus à terre poussaient des cris, et tout le public, subitement pris de folie, se mettait à hurler.

Au coude de la rivière, vers Chatou, se montraient sans cesse des barques nouvelles. Elles approchaient, grandissaient, et, à mesure qu'on reconnaissait les visages, d'autres vociférations partaient.

Un canot couvert d'une tente et monté par quatre femmes descendait lentement le courant. Celle qui ramait était petite, maigre, fanée, vêtue d'un costume de mousse avec ses cheveux relevés sous un chapeau ciré. En face d'elle, une grosse blondasse habillée en homme, avec un veston de flanelle blanche, se tenait couchée sur le dos au fond du bateau, les jambes en l'air sur le banc des deux côtés de la rameuse, et elle fumait une cigarette, tandis qu'à chaque effort des avirons sa poitrine et son ventre frémissaient, ballottés par la secousse. Tout à l'arrière, sous la tente, deux belles filles grandes et minces, l'une brune et l'autre blonde, se tenaient par la taille en regardant sans cesse leurs compagnes.

Un cri partit de la Grenouillère : « Vl'à Lesbos! » et, tout à coup, ce fut une clameur furieuse; une bousculade effrayante eut lieu; les verres tombaient; on montait sur les tables; tous, dans un délire de bruit, vociféraient :

«Lesbos! Lesbos! Lesbos!» Le cri roulait, devenait indistinct, ne formait plus qu'une sorte de hurlement effroyable, puis, soudain, il semblait s'élancer de nouveau, monter par l'espace, couvrir la plaine, emplir le feuillage épais des grands arbres, s'étendre aux lointains coteaux, aller jusqu'au soleil.

La rameuse, devant cette ovation, s'était arrêtée tranquillement. La grosse blonde étendue au fond du canot tourna la tête d'un air nonchalant, se soulevant sur les coudes; et les deux belles filles, à l'arrière, se mirent à rire en saluant la foule.

Alors la vocifération redoubla, faisant trembler l'établissement flottant. Les hommes levaient leurs chapeaux, les femmes agitaient leurs mouchoirs, et toutes les voix, aiguës ou graves, criaient ensemble : «Lesbos!» On eût dit que ce peuple, ce ramassis de corrompus, saluait un chef, comme ces escadres qui tirent le canon quand un amiral passe sur leur front.

La flotte nombreuse des barques acclamait aussi le canot des femmes, qui repartit de son allure somnolente pour aborder un peu plus loin.

M. Paul, au contraire des autres, avait tiré une clef de sa poche, et, de toute sa force, il sifflait. Sa maîtresse, nerveuse, pâlie en-

core, lui tenait le bras pour le faire taire et
elle le regardait cette fois avec une rage
dans les yeux. Mais lui, semblait exaspéré,
comme soulevé par une jalousie d'homme,
par une fureur profonde, instinctive, désor-
donnée. Il balbutia, les lèvres tremblantes
d'indignation :

— C'est honteux! on devrait les noyer
comme des chiennes avec une pierre au cou.

Mais Madeleine, brusquement, s'emporta;
sa petite voix aigre devint sifflante, et elle
parlait avec volubilité, comme pour plaider
sa propre cause :

— Est-ce que ça te regarde, toi? Sont-elles
pas libres de faire ce qu'elles veulent, puisqu'elles ne doivent rien à personne? Fiche-
nous la paix avec tes manières et mêle-toi de
tes affaires...

Mais il lui coupa la parole.

— C'est la police que ça regarde, et je
les ferai flanquer à Saint-Lazare, moi!

Elle eut un soubresaut :

— Toi?

— Oui, moi! Et, en attendant, je te défends de leur parler, tu entends, je te le
défends.

Alors elle haussa les épaules, et calmée
tout à coup :

— Mon petit, je ferai ce qui me plaira; si

tu n'es pas content, file, et tout de suite. Je ne suis pas ta femme, n'est-ce pas? Alors tais-toi.

Il ne répondit pas et ils restèrent face à face, avec la bouche crispée et la respiration rapide

A l'autre bout du grand café de bois, les quatre femmes faisaient leur entrée. Les deux costumées en hommes marchaient devant : l'une maigre, pareille à un garçonnet vieillot avec des teintes jaunes sur les tempes; l'autre, emplissant de sa graisse ses vêtements de flanelle blanche, bombant de sa croupe le large pantalon, se balançait comme une oie grasse, ayant les cuisses énormes et les genoux rentrés. Leurs deux amies les suivaient et la foule des canotiers venait leur serrer les mains.

Elles avaient loué toutes les quatre un petit chalet au bord de l'eau, et elles vivaient là, comme auraient vécu deux ménages.

Leur vice était public, officiel, patent. On en parlait comme d'une chose naturelle, qui les rendait presque sympathiques, et l'on chuchotait tout bas des histoires étranges, des drames nés de furieuses jalousies féminines, et des visites secrètes de femmes connues, d'actrices, à la petite maison du bord de l'eau.

Un voisin, révolté de ces bruits scanda-

leux, avait prévenu la gendarmerie, et le brigadier, suivi d'un homme, était venu faire
une enquête. La mission était délicate; on ne
pouvait, en somme, rien reprocher à ces
femmes, qui ne se livraient point à la prosti-
tution. Le brigadier, fort perplexe, ignorant
même à peu près la nature des délits soup-
çonnés, avait interrogé à l'aventure, et fait
un rapport monumental concluant à l'inno-
cence.

On en avait ri jusqu'à Saint-Germain.

Elles traversaient à petits pas, comme des
reines, l'établissement de la Grenouillère; et
elles semblaient fières de leur célébrité, heureuses des regards fixés sur elles, supérieures
à cette foule, à cette tourbe, à cette plèbe.

Madeleine et son amant les regardaient
venir, et dans l'œil de la fille une flamme
s'allumait.

Lorsque les deux premières furent au bout
de la table, Madeleine cria : — « Pauline! »
La grosse se retourna, s'arrêta, tenant toujours
le bras de son moussaillon femelle :

— Tiens! Madeleine... Viens donc me
parler, ma chérie.

Paul crispa ses doigts sur le poignet de sa
maîtresse; mais elle lui dit d'un tel air : —
« Tu sais, mon p'tit, tu peux filer, » qu'il se
tut et resta seul.

Alors elles causèrent tout bas, debout, toutes les trois. Des gaietés heureuses passaient sur leurs lèvres; elles parlaient vite; et Pauline, par instants, regardait Paul à la dérobée avec un sourire narquois et méchant.

A la fin, n'y tenant plus, il se leva soudain et fut près d'elles d'un élan, tremblant de tous ses membres. Il saisit Madeleine par les épaules : — «Viens, je le veux, dit-il, je t'ai défendu de parler à ces gueuses.»

Mais Pauline éleva la voix et se mit à l'engueuler avec son répertoire de poissarde. On riait alentour; on s'approchait; on se haussait sur le bout des pieds afin de mieux voir. Et lui restait interdit sous cette pluie d'injures fangeuses; il lui semblait que les mots sortant de cette bouche et tombant sur lui le salissaient comme des ordures, et, devant le scandale qui commençait, il recula, retourna sur ses pas, et s'accouda sur la balustrade vers le fleuve, le dos tourné aux trois femmes victorieuses.

Il resta là, regardant l'eau, et parfois, avec un geste rapide, comme s'il l'eût arrachée, il enlevait d'un doigt nerveux une larme formée au coin de son œil.

C'est qu'il aimait éperdument, sans savoir pourquoi, malgré ses instincts délicats, malgré sa raison, malgré sa volonté même. Il était

tombé dans cet amour comme on tombe
dans un trou bourbeux. D'une nature attendrie et fine, il avait rêvé des liaisons exquises,
idéales et passionnées; et voilà que ce petit
criquet de femme, bête, comme toutes les
filles, d'une bêtise exaspérante, pas jolie
même, maigre et rageuse, l'avait pris, captivé, possédé des pieds à la tête, corps et
âme. Il subissait cet ensorcellement féminin,
mystérieux et tout-puissant, cette force inconnue, cette domination prodigieuse, venue
on ne sait d'où, du démon de la chair, et qui
jette l'homme le plus sensé aux pieds d'une
fille quelconque sans que rien en elle ex-
plique son pouvoir fatal et souverain.

Et là, derrière son dos, il sentait qu'une
chose infâme s'apprêtait. Des rires lui entraient au cœur. Que faire? Il le savait bien,
mais il ne le pouvait pas.

Il regardait fixement, sur la berge en face,
un pêcheur à la ligne immobile.

Soudain le bonhomme enleva brusquement
du fleuve un petit poisson d'argent qui fré-
tillait au bout du fil. Puis il essaya de retirer
son hameçon, le tordit, le tourna, mais en
vain; alors, pris d'impatience, il se mit à tirer,
et tout le gosier saignant de la bête sortit
avec un paquet d'entrailles. Et Paul frémit,
déchiré lui-même jusqu'au cœur; il lui sembla

que cet hameçon c'était son amour, et que, s'il fallait l'arracher, tout ce qu'il avait dans la poitrine sortirait ainsi au bout d'un fer recourbé, accroché au fond de lui, et dont Madeleine tenait le fil.

Une main se posa sur son épaule; il eut un sursaut, se tourna; sa maîtresse était à son côté. Ils ne se parlèrent pas; et elle s'accouda comme lui à la balustrade, les yeux fixés sur la rivière.

Il cherchait ce qu'il devait dire, et ne trouvait rien. Il ne parvenait même pas à démêler ce qui se passait en lui; tout ce qu'il éprouvait, c'était une joie de la sentir là, près de lui, revenue, et une lâcheté honteuse, un besoin de pardonner tout, de tout permettre pourvu qu'elle ne le quittât point.

Enfin, au bout de quelques minutes, il lui demanda d'une voix très douce : — « Veux-tu que nous nous en allions? il ferait meilleur dans le bateau. »

Elle répondit : — « Oui, mon chat. »

Et il l'aida à descendre dans la yole, la soutenant, lui serrant les mains, tout attendri, avec quelques larmes encore dans les yeux. Alors elle le regarda en souriant et ils s'embrassèrent de nouveau.

Ils remontèrent le fleuve tout doucement, longeant la rive plantée de saules, couverte

d'herbes, baignée et tranquille dans la tiédeur de l'après-midi.

Lorsqu'ils furent revenus au restaurant
Grillon, il était à peine six heures; alors,
laissant leur yole, ils partirent à pied dans
l'île, vers Bezons, à travers les prairies, le long
des hauts peupliers qui bordent le fleuve.

Les grands foins, prêts à être fauchés,
étaient remplis de fleurs. Le soleil qui baissait
étalait dessus une nappe de lumière rousse,
et, dans la chaleur adoucie du jour finissant,
les flottantes exhalaisons de l'herbe se mêlaient aux humides senteurs du fleuve, im-
prégnaient l'air d'une langueur tendre, d'un
bonheur léger, comme d'une vapeur de bien-
être.

Une molle défaillance venait aux cœurs,
et une espèce de communion avec cette
splendeur calme du soir, avec ce vague et
mystérieux frisson de vie épandue, avec cette
poésie pénétrante, mélancolique, qui semblait
sortir des plantes, des choses, s'épanouir,
révélée aux sens en cette heure douce et recueillie.

Il sentait tout cela, lui; mais elle ne le
comprenait pas, elle. Ils marchaient côte à
côte; et soudain, lasse de se taire, elle chanta.
Elle chanta de sa voix aigrelette et fausse
quelque chose qui courait les rues, un air

traînant dans les mémoires, qui déchira brusquement la profonde et sereine harmonie du soir.

Alors il la regarda, et il sentit entre eux un infranchissable abîme. Elle battait les herbes de son ombrelle, la tête un peu baissée, contemplant ses pieds, et chantant, filant des sons, essayant des roulades, osant des trilles.

Son petit front, étroit, qu'il aimait tant, était donc vide, vide! Il n'y avait là dedans que cette musique de serinette; et les pensées qui s'y formaient par hasard étaient pareilles à cette musique. Elle ne comprenait rien de lui; ils étaient plus séparés que s'ils ne vivaient pas ensemble. Ses baisers n'allaient donc jamais plus loin que les lèvres?

Alors elle releva les yeux vers lui et sourit encore. Il fut remué jusqu'aux moelles, et, ouvrant les bras, dans un redoublement d'amour, il l'étreignit passionnément.

Comme il chiffonnait sa robe, elle finit par se dégager, en murmurant par compensation:
— «Va, je t'aime bien, mon chat.»

Mais il la saisit par la taille, et, pris de folie, l'entraîna en courant; et il l'embrassait sur la joue, sur la tempe, sur le cou, tout en sautant d'allégresse. Ils s'abattirent, haletants, au pied d'un buisson incendié par les rayons du soleil couchant, et, avant d'avoir repris haleine, ils s'unirent, sans qu'elle comprît son exaltation.

Ils revenaient en se tenant les deux mains, quand soudain, à travers les arbres, ils aperçurent sur la rivière le canot monté par les quatre femmes. La grosse Pauline aussi les vit, car elle se redressa, envoyant à Madeleine des baisers. Puis elle cria : — « A ce soir ! »

Madeleine répondit : — « A ce soir ! »

Paul crut sentir soudain son cœur enveloppé de glace.

Et ils rentrèrent pour dîner.

Ils s'installèrent sous une des tonnelles au bord de l'eau et se mirent à manger en silence. Quand la nuit fut venue, on apporta une bougie, enfermée dans un globe de verre, qui les éclairait d'une lueur faible et vacillante; et l'on entendait à tout moment les explosions de cris des canotiers dans la grande salle du premier.

Vers le dessert, Paul, prenant tendrement la main de Madeleine, lui dit : — « Je me sens très fatigué, ma mignonne; si tu veux, nous nous coucherons de bonne heure. »

Mais elle avait compris la ruse, et elle lui lança ce regard énigmatique, ce regard à perfidies qui apparaît si vite au fond de l'œil de la femme. Puis, après avoir réfléchi, elle répondit : — « Tu te coucheras si tu veux, moi j'ai promis d'aller au bal de la Grenouillère. »

Il eut un sourire lamentable, un de ces sourires dont on voile les plus horribles souffrances, mais il répondit d'un ton caressant et navré : — « Si tu étais bien gentille, nous resterions tous les deux. » Elle fit « non » de la tête sans ouvrir la bouche. Il insista : — « T'en prie ! ma bichette. » Alors elle rompit brusquement : — « Tu sais ce que je t'ai dit. Si tu n'es pas content, la porte est ouverte. On ne te retient pas. Quant à moi, j'ai promis : j'irai. »

Il posa ses deux coudes sur la table, enferma son front dans ses mains, et resta là, rêvant douloureusement.

Les canotiers redescendirent en braillant toujours. Ils repartaient dans leurs yoles pour le bal de la Grenouillère.

Madeleine dit à Paul : — « Si tu ne viens pas, décide-toi, je demanderai à un de ces messieurs de me conduire. »

Paul se leva : — « Allons ! » murmura-t-il.

Et ils partirent.

La nuit était noire, pleine d'astres, parcourue par une haleine embrasée, par un souffle pesant, chargé d'ardeurs, de fermentations, de germes vifs qui, mêlés à la brise,

l'alentissaient. Elle promenait sur les visages
une caresse chaude, faisait respirer plus vite,
haleter un peu, tant elle semblait épaissie et
lourde.

Les yoles se mettaient en route, portant à
l'avant une lanterne vénitienne. On ne distinguait point les embarcations, mais seulement
ces petits falots de couleur, rapides et dan-
sants, pareils à des lucioles en délire; et des
voix couraient dans l'ombre de tous côtés.

La yole des deux jeunes gens glissait doucement. Parfois, quand un bateau lancé passait près d'eux, ils apercevaient soudain le
dos blanc du canotier éclairé par sa lanterne.

Lorsqu'ils eurent tourné le coude de la rivière, la Grenouillère leur apparut dans le
lointain. L'établissement en fête était orné
de girandoles, de guirlandes en veilleuses de
couleur, de grappes de lumières. Sur la Seine
circulaient lentement quelques gros bachots
représentant des dômes, des pyramides, des
monuments compliqués en feux de toutes
nuances. Des festons enflammés traînaient
jusqu'à l'eau; et quelquefois un falot rouge
ou bleu, au bout d'une immense canne à
pêche invisible, semblait une grosse étoile
balancée.

Toute cette illumination répandait une
lueur alentour du café, éclairait de bas en

haut les grands arbres de la berge dont le tronc se détachait en gris pâle, et les feuilles en vert laiteux, sur le noir profond des champs et du ciel.

L'orchestre, composé de cinq artistes de banlieue, jetait au loin sa musique de bastringue, maigre et sautillante, qui fit de nouveau chanter Madeleine.

Elle voulut tout de suite entrer. Paul désirait auparavant faire un tour dans l'île; mais il dut céder.

L'assistance s'était épurée. Les canotiers presque seuls restaient avec quelques bourgeois clairsemés et quelques jeunes gens flanqués de filles. Le directeur et organisateur de ce cancan, majestueux dans un habit noir fatigué, promenait en tous sens sa tête ravagée de vieux marchand de plaisirs publics à bon marché.

La grosse Pauline et ses compagnes n'étaient pas là; et Paul respira.

On dansait : les couples face à face cabriolaient éperdument, jetaient leurs jambes en l'air jusqu'au nez des vis-à-vis.

Les femelles, désarticulées des cuisses, bondissaient dans un envolement de jupes révélant leurs dessous. Leurs pieds s'élevaient au-dessus de leurs têtes avec une facilité surprenante, et elles balançaient leurs ventres, frétillaient de la croupe, secouaient leurs seins, répandant autour d'elles une senteur énergique de femmes en sueur.

Les mâles s'accroupissaient comme des crapauds avec des gestes obscènes, se contorsionnaient, grimaçants et hideux, faisaient la roue sur les mains, ou bien, s'efforçant d'être drôles, esquissaient des manières avec une grâce ridicule.

Une grosse bonne et deux garçons servaient les consommations.

Ce café-bateau, couvert seulement d'un toit, n'ayant aucune cloison qui le séparât du dehors, la danse échevelée s'étalait en face de la nuit pacifique et du firmament poudré d'astres.

Tout à coup le Mont-Valérien, là-bas, en face, sembla s'éclairer comme si un incendie se fût allumé derrière. La lueur s'étendit, s'accentua, envahissant peu à peu le ciel, décrivant un grand cercle lumineux, d'une lumière pâle et blanche. Puis quelque chose de rouge apparut, grandit, d'un rouge ardent comme un métal sur l'enclume. Cela se développait lentement en rond, semblait sortir de terre; et la lune, se détachant bientôt de l'horizon, monta doucement dans l'espace. A mesure qu'elle s'élevait, sa nuance pourpre s'atténuait, devenait jaune, d'un jaune clair, éclatant; et l'astre paraissait diminuer à mesure qu'il s'éloignait.

Paul le regardait depuis longtemps, perdu dans cette contemplation, oubliant sa maîtresse. Quand il se retourna, elle avait disparu.

Il la chercha, mais ne la trouva pas. Il parcourait les tables d'un œil anxieux, allant et revenant sans cesse, interrogeant l'un et l'autre. Personne ne l'avait vue.

Il errait ainsi, martyrisé d'inquiétude, quand un des garçons lui dit : — « C'est madame Madeleine que vous cherchez. Elle vient de partir tout à l'heure en compagnie de madame Pauline. » Et, au même moment, Paul apercevait, debout à l'autre extrémité du café, le mousse et les deux belles filles, toutes trois liées par la taille, et qui le guettaient en chuchotant.

Il comprit, et, comme un fou, s'élança dans l'île.

Il courut d'abord vers Chatou; mais, devant la plaine, il retourna sur ses pas. Alors il se mit à fouiller l'épaisseur des taillis, à vagabonder éperdument, s'arrêtant parfois pour écouter.

Les crapauds, par tout l'horizon, lançaient leur note métallique et courte.

Vers Bougival, un oiseau inconnu modu-

lait quelques sons qui arrivaient affaiblis par
la distance. Sur les larges gazons la lune versait une molle clarté, comme une poussière
de ouate; elle pénétrait les feuillages, faisait
couler sa lumière sur l'écorce argentée des
peupliers, criblait de sa pluie brillante les
sommets frémissants des grands arbres. La
grisante poésie de cette soirée d'été entrait
dans Paul malgré lui, traversait son angoisse
affolée, remuait son cœur avec une ironie féroce, développant jusqu'à la rage en son âme
douce et contemplative ses besoins d'idéale
tendresse, d'épanchements passionnés dans le
sein d'une femme adorée et fidèle.

Il fut contraint de s'arrêter, étranglé par
des sanglots précipités, déchirants.

La crise passée, il repartit.

Soudain il reçut comme un coup de couteau; on s'embrassait, là, derrière ce buisson.
Il y courut; c'était un couple amoureux, dont
les deux silhouettes s'éloignèrent vivement à
son approche, enlacées, unies dans un baiser
sans fin.

Il n'osait pas appeler, sachant bien qu'Elle
ne répondrait point; et il avait aussi une peur
affreuse de les découvrir tout à coup.

Les ritournelles des quadrilles avec les so-
los déchirants du piston, les rires faux de la
flûte, les rages aiguës du violon lui tiraillaient

le cœur, exaspérant sa souffrance. La musique enragée, boitillante, courait sous les arbres, tantôt affaiblie, tantôt grossie dans un souffle passager de brise.

Tout à coup il se dit qu'Elle était revenue peut-être? Oui! elle était revenue! pourquoi pas? Il avait perdu la tête sans raison, stupidement, emporté par ses terreurs, par les soupçons désordonnés qui l'envahissaient depuis quelque temps.

Et, saisi par une de ces accalmies singulières qui traversent parfois les plus grands désespoirs, il retourna vers le bal.

D'un coup d'œil il parcourut la salle. Elle n'était pas là. Il fit le tour des tables, et brusquement se trouva de nouveau face à face avec les trois femmes. Il avait apparemment une figure désespérée et drôle, car toutes trois ensemble éclatèrent de gaieté.

Il se sauva, repartit dans l'île, se rua à travers les taillis, haletant. — Puis il écouta de nouveau, — il écouta longtemps, car ses oreilles bourdonnaient; mais, enfin, il crut entendre un peu plus loin un petit rire perçant qu'il connaissait bien; et il avança tout doucement, rampant, écartant les branches, la poitrine tellement secouée par son cœur qu'il ne pouvait plus respirer.

Deux voix murmuraient des paroles qu'il

n'entendait pas encore. Puis elles se turent.

Alors il eut une envie immense de fuir, de ne pas voir, de ne pas savoir, de se sauver pour toujours, loin de cette passion furieuse qui le ravageait. Il allait retourner à Chatou, prendre le train, et ne reviendrait plus, ne la reverrait plus jamais. Mais son image brusquement l'envahit, et il l'aperçut en sa pensée quand elle s'éveillait au matin, dans leur lit tiède, se pressait câline contre lui, jetant' ses bras à son cou, avec ses cheveux répandus, un peu mêlés sur le front, avec ses yeux fermés encore et ses lèvres ouvertes pour le premier baiser; et le souvenir subit de cette caresse matinale l'emplit d'un regret frénétique et d'un désir forcené.

On parlait de nouveau; et il s'approcha, courbé en deux. Puis un léger cri courut sous les branches tout près de lui. Un cri! Un de ces cris d'amour qu'il avait appris à connaître aux heures éperdues de leur tendresse. Il avançait encore, toujours, comme malgré lui, attiré invinciblement, sans avoir conscience de rien... et il les vit.

Oh! si c'eût été un homme, l'autre! mais cela! cela! Il se sentait enchaîné par leur infamie même. Et il restait là, anéanti, bouleversé, comme s'il eût découvert tout à coup un cadavre cher et mutilé, un crime contre nature, monstrueux, une immonde profanation.

Alors, dans un éclair de pensée involontaire, il songea au petit poisson dont il avait senti arracher les entrailles... Mais Madeleine murmura : « Pauline ! » du même ton passionné qu'elle disait : « Paul ! » et il fut traversé d'une telle douleur qu'il s'enfuit de toutes ses forces.

Il heurta deux arbres, tomba sur une racine, repartit et se trouva soudain devant le fleuve, devant le bras rapide éclairé par la lune. Le courant torrentueux faisait de grands tourbillons où se jouait la lumière. La berge haute dominait l'eau comme une falaise, laissant à son pied une large bande obscure où les remous s'entendaient dans l'ombre.

Sur l'autre rive, les maisons de campagne de Croissy s'étageaient en pleine clarté.

Paul vit tout cela comme dans un songe, comme à travers un souvenir; il ne songeait à rien, ne comprenait rien, et toutes les choses, son existence même, lui apparaissaient vaguement, lointaines, oubliées, finies.

Le fleuve était là. Comprit-il ce qu'il faisait ? Voulut-il mourir ? Il était fou. Il se retourna cependant vers l'île, vers Elle; et, dans l'air calme de la nuit où dansaient toujours les refrains affaiblis et obstinés du bastringue, il lança d'une voix désespérée, suraiguë, surhumaine, un effroyable cri : — « Madeleine ! »

Son appel déchirant traversa le large silence du ciel, courut par tout l'horizon.

Puis, d'un bond formidable, d'un bond de bête, il sauta dans la rivière. L'eau jaillit, se referma, et, de la place où il avait disparu, une succession de grands cercles partit, élargissant jusqu'à l'autre berge leurs ondulations brillantes.

Les deux femmes avaient entendu. Madeleine se dressa : — « C'est Paul. » — Un soupçon surgit en son âme. — « Il s'est noyé, » dit-elle. Et elle s'élança vers la rive, où la grosse Pauline la rejoignit.

Un lourd bachot monté par deux hommes tournait et retournait sur place. Un des bateliers ramait, l'autre enfonçait dans l'eau un grand bâton et semblait chercher quelque chose. Pauline cria : — « Que faites-vous ? Qu'y a-t-il ? » Une voix inconnue répondit : — « C'est un homme qui vient de se noyer. »

Les deux femmes, pressées l'une contre l'autre, hagardes, suivaient les évolutions de la barque. La musique de la Grenouillère folâtrait toujours au loin, semblait accompagner en cadence les mouvements des sombres pêcheurs; et la rivière, qui cachait maintenant un cadavre, tournoyait, illuminée.

Les recherches se prolongeaient. L'attente horrible faisait grelotter Madeleine. Enfin, après une demi-heure au moins, un des hommes annonça : — « Je le tiens ! » Et il fit remonter sa longue gaffe, doucement, tout doucement. Puis quelque chose de gros apparut à la surface de l'eau. L'autre marinier quitta ses rames, et tous deux, unissant leurs forces, halant sur la masse inerte, la firent culbuter dans leur bateau.

Ensuite ils gagnèrent la terre, en cherchant une place éclairée et basse. Au moment où ils abordaient, les femmes arrivaient aussi.

Dès qu'elle le vit, Madeleine recula d'horreur. Sous la lumière de la lune, il semblait vert déjà, avec sa bouche, ses yeux, son nez, ses habits pleins de vase. Ses doigts fermés et raidis étaient affreux. Une espèce d'enduit noirâtre et liquide couvrait tout son corps. La figure paraissait enflée, et de ses cheveux collés par le limon une eau sale coulait sans cesse.

Les deux hommes l'examinèrent.

— Tu le connais? dit l'un.

L'autre, le passeur de Croissy, hésitait :
— « Oui, il me semble bien que j'ai vu cette tête-là; mais tu sais, comme ça, on ne re-

connaît pas bien. » — Puis, soudain : — « Mais c'est monsieur Paul ! »

— Qui ça, monsieur Paul ? demanda son camarade. Le premier reprit :

— Mais monsieur Paul Baron, le fils du sénateur, ce p'tit qu'était si amoureux.

L'autre ajouta philosophiquement :

— Eh bien, il a fini de rigoler maintenant; c'est dommage tout de même quand on est riche !

Madeleine sanglotait, tombée par terre. Pauline s'approcha du corps et demanda : — « Est-ce qu'il est bien mort ? — tout à fait ? »

Les hommes haussèrent les épaules : — « Oh ! après ce temps-là ! pour sûr. »

Puis l'un d'eux interrogea : — « C'est chez Grillon qu'il logeait ? » — « Oui, reprit l'autre; faut le reconduire, y aura de la braise.»

Ils remontèrent dans leur bateau et repartirent, s'éloignant lentement à cause du courant rapide; et longtemps encore après qu'on ne les vit plus de la place où les femmes étaient restées, on entendit tomber dans l'eau les coups réguliers des avirons.

Alors Pauline prit dans ses bras la pauvre Madeleine éplorée, la câlina, l'embrassa longtemps, la consola : — « Que veux-tu, ce n'est point ta faute, n'est-ce pas ? On ne peut pourtant pas empêcher les hommes de faire des bêtises. Il l'a voulu, tant pis pour lui, après tout ! » — Puis la relevant : — « Allons, ma chérie, viens-t'en coucher à la maison; tu ne peux pas rentrer chez Grillon ce soir. — Elle l'embrassa de nouveau : — « Va, nous te guérirons, » dit-elle.

Madeleine se releva, et, pleurant toujours, mais avec des sanglots affaiblis, la tête sur l'épaule de Pauline, comme réfugiée dans une tendresse plus intime et plus sûre, plus familière et plus confiante, elle partit à tout petits pas.

AU PRINTEMPS

AU PRINTEMPS.

ORSQUE les premiers beaux jours arrivent, que la terre s'éveille et reverdit, que la tiédeur parfumée de l'air nous caresse la peau, entre dans la poitrine, semble pénétrer au cœur lui-même, il nous vient des désirs vagues de bonheurs indéfinis, des envies de courir, d'aller au hasard, de chercher aventure, de boire du printemps.

L'hiver ayant été fort dur l'an dernier, ce besoin d'épanouissement fut, au mois de mai, comme une ivresse qui m'envahit, une poussée de sève débordante.

Or, en m'éveillant un matin, j'aperçus par ma fenêtre, au-dessus des maisons voisines, la grande nappe bleue du ciel tout enflammée de soleil. Les serins accrochés aux fenêtres s'égosillaient; les bonnes chantaient à tous les étages; une rumeur gaie montait de la rue; et je sortis, l'esprit en fête, pour aller je ne sais où.

Les gens qu'on rencontrait souriaient; un souffle de bonheur flottait partout dans la lumière chaude du printemps revenu. On eût dit qu'il y avait sur la ville une brise d'amour épandue; et les jeunes femmes qui passaient en toilette du matin, portant dans les yeux comme une tendresse cachée et une grâce plus molle dans la démarche, m'emplissaient le cœur de trouble.

Sans savoir comment, sans savoir pourquoi, j'arrivai au bord de la Seine. Des bateaux à vapeur filaient vers Suresnes, et il me vint soudain une envie démesurée de courir à travers les bois.

Le pont de la *Mouche* était couvert de passagers, car le premier soleil vous tire, malgré vous, du logis, et tout le monde remue, va, vient, cause avec le voisin.

C'était une voisine que j'avais; une petite ouvrière sans doute, avec une grâce toute parisienne, une mignonne tête blonde sous des cheveux bouclés aux tempes; des cheveux qui semblaient une lumière frisée, descendaient à l'oreille, couraient jusqu'à la nuque, dansaient au vent, puis devenaient, plus bas, un duvet si fin, si léger, si blond, qu'on le voyait à peine, mais qu'on éprouvait une irrésistible envie de mettre là une foule de baisers.

Sous l'insistance de mon regard, elle tourna la tête vers moi, puis baissa brusquement les yeux, tandis qu'un pli léger, comme un sourire prêt à naître, enfonçant un peu le coin de sa bouche, faisait apparaître aussi là ce fin duvet soyeux et pâle que le soleil dorait un peu.

La rivière calme s'élargissait. Une paix chaude planait dans l'atmosphère, et un murmure de vie semblait emplir l'espace. Ma voisine releva les yeux, et, cette fois, comme je la regardais toujours, elle sourit décidément. Elle était charmante ainsi, et dans son regard fuyant mille choses m'apparurent, mille choses ignorées jusqu'ici. J'y vis des profondeurs inconnues, tout le charme des tendresses, toute la poésie que nous rêvons, tout le bonheur que nous cherchons sans fin. Et j'avais un désir fou d'ouvrir les bras, de l'emporter quelque part pour lui murmurer à l'oreille la suave musique des paroles d'amour.

J'allais ouvrir la bouche et l'aborder, quand quelqu'un me toucha l'épaule. Je me retournai, surpris, et j'aperçus un homme d'aspect ordinaire, ni jeune ni vieux, qui me regardait d'un air triste.

— Je voudrais vous parler, dit-il.

Je fis une grimace qu'il vit sans doute, car il ajouta : — «C'est important.»

Je me levai et le suivis à l'autre bout du bateau : — «Monsieur, reprit-il, quand l'hiver approche avec les froids, la pluie et la neige, votre médecin vous dit chaque jour : «Tenez-«vous les pieds bien chauds, gardez-vous des «refroidissements, des rhumes, des bron-«chites, des pleurésies.» Alors vous prenez mille précautions, vous portez de la flanelle, des pardessus épais, des gros souliers, ce qui ne vous empêche pas toujours de passer deux mois au lit. Mais quand revient le printemps avec ses feuilles et ses fleurs, ses brises chaudes et amollissantes, ses exhalaisons des champs qui vous apportent des troubles vagues, des attendrissements sans cause, il n'est personne qui vienne vous dire : «Monsieur, prenez «garde à l'amour! Il est embusqué partout; «il vous guette à tous les coins; toutes ses «ruses sont tendues, toutes ses armes aigui-«sées, toutes ses perfidies préparées! Prenez «garde à l'amour!... Prenez garde à l'amour! «Il est plus dangereux que le rhume, la bron-«chite ou la pleurésie! Il ne pardonne pas, «et fait commettre à tout le monde des bêtises «irréparables.» Oui, monsieur, je dis que, chaque année, le gouvernement devrait faire

mettre sur les murs de grandes affiches avec
ces mots : «*Retour du printemps. Citoyens français, prenez garde à l'amour;*» de même qu'on
écrit sur la porte des maisons : «Prenez garde
à la peinture.» — Eh bien, puisque le gouvernement ne le fait pas, moi je le remplace,
et je vous dis : «Prenez garde à l'amour; il
est en train de vous pincer, et j'ai le devoir
de vous prévenir comme on prévient, en
Russie, un passant dont le nez gèle.»

Je demeurais stupéfait devant cet étrange
particulier, et, prenant un air digne : —
«Enfin, monsieur, vous me paraissez vous
mêler de ce qui ne vous regarde guère.»

Il fit un mouvement brusque, et répondit :
— «Oh! monsieur! monsieur! si je m'aper-
çois qu'un homme va se noyer dans un endroit dangereux, il faut donc le laisser périr?
Tenez, écoutez mon histoire, et vous com-
prendrez pourquoi j'ose vous parler ainsi.

«C'était l'an dernier, à pareille époque.
Je dois vous dire, d'abord, monsieur, que je
suis employé au Ministère de la marine, où
nos chefs, les commissaires, prennent au sérieux leurs galons d'officiers plumitifs pour
nous traiter comme des gabiers. — Ah! si
tous les chefs étaient civils, — mais je passe.
— Donc j'apercevais de mon bureau un petit bout de ciel tout bleu où volaient des

hirondelles; et il me venait des envies de danser au milieu de mes cartons noirs.

«Mon désir de liberté grandit tellement, que, malgré ma répugnance, j'allai trouver mon singe. C'était un petit grincheux toujours en colère. Je me dis malade. Il me regarda dans le nez et cria : — «Je n'en crois «rien, monsieur. Enfin, allez-vous-en! Pen-«sez-vous qu'un bureau peut marcher avec «des employés pareils?»

«Mais je filai, je gagnai la Seine. Il faisait un temps comme aujourd'hui; et je pris la *Mouche* pour faire un tour à Saint-Cloud.

«Ah! monsieur! comme mon chef aurait dû m'en refuser la permission!

«Il me sembla que je me dilatais sous le soleil. J'aimais tout, le bateau, la rivière, les arbres, les maisons, mes voisins, tout. J'avais envie d'embrasser quelque chose, n'importe quoi : c'était l'amour qui préparait son piège.

«Tout à coup, au Trocadéro, une jeune fille monta avec un petit paquet à la main, et elle s'assit en face de moi.

«Elle était jolie, oui, monsieur; mais c'est étonnant comme les femmes vous semblent mieux quand il fait beau, au premier printemps : elles ont un capiteux, un charme, un je ne sais quoi tout particulier. C'est abso-

lument comme du vin qu'on boit après le
fromage.

«Je la regardais, et elle aussi elle me regardait, — mais seulement de temps en
temps, comme la vôtre tout à l'heure. Enfin,
à force de nous considérer, il me sembla que
nous nous connaissions assez pour entamer
conversation, et je lui parlai. Elle répondit. Elle était gentille comme tout, décidément. Elle me grisait, mon cher monsieur!

«A Saint-Cloud, elle descendit, — je la
suivis. — Elle allait livrer une commande.
Quand elle reparut, le bateau venait de partir. Je me mis à marcher à côté d'elle, et la
douceur de l'air nous arrachait des soupirs à
tous les deux.

— «Il ferait bien bon dans les bois,» lui
dis-je.

«Elle répondit : — «Oh! oui!»

— «Si nous allions y faire un tour, voulez-
vous, mademoiselle?»

«Elle me guetta en dessous d'un coup d'œil
rapide comme pour bien apprécier ce que
je valais, puis, après avoir hésité quelque
temps, elle accepta. Et nous voilà côte à côte
au milieu des arbres. Sous le feuillage un peu
grêle encore, l'herbe, haute, drue, d'un vert
luisant, comme vernie, était inondée de soleil et pleine de petites bêtes qui s'aimaient

aussi. On entendait partout des chants d'oiseaux. Alors ma compagne se mit à courir
en gambadant, enivrée d'air et d'effluves
champêtres. Et moi je courais derrière en sautant comme elle. Est-on bête, monsieur, par
moments!

« Puis elle chanta éperdument mille choses,
des airs d'opéra, la chanson de Musette! La
chanson de Musette! comme elle me sembla
poétique alors!... Je pleurais presque. Oh!
ce sont toutes ces balivernes-là qui nous trou-
blent la tête; ne prenez jamais, croyez-moi,
une femme qui chante à la campagne, surtout si elle chante la chanson de Musette!

« Elle fut bientôt fatiguée et s'assit sur un
talus vert. Moi, je me mis à ses pieds, et je
lui saisis les mains; ses petites mains poivrées
de coups d'aiguille, et cela m'attendrit. Je me
disais : — « Voici les saintes marques du tra-
« vail. » — Oh! monsieur, monsieur, savez-
vous ce qu'elles signifient, les saintes marques du travail? Elles veulent dire tous les
commérages de l'atelier, les polissonneries
chuchotées, l'esprit souillé par toutes les ordures racontées, la chasteté perdue, toute la
sottise des bavardages, toute la misère des habitudes quotidiennes, toute l'étroitesse des
idées propres aux femmes du commun, installées souverainement dans celle qui porte

au bout des doigts les saintes marques du travail.

«Puis nous nous sommes regardés dans les yeux longuement.

«Oh! cet œil de la femme, quelle puissance il a! Comme il trouble, envahit, possède, domine! Comme il semble profond, plein de promesses, d'infini! On appelle cela se regarder dans l'âme! Oh! monsieur, quelle blague! Si l'on y voyait, dans l'âme, on serait plus sage, allez.

«Enfin, j'étais emballé, fou. Je voulus la prendre dans mes bras. Elle me dit : — «A bas les pattes!»

«Alors je m'agenouillai près d'elle et j'ouvris mon cœur; je versai sur ses genoux toutes les tendresses qui m'étouffaient. Elle parut étonnée de mon changement d'allure, et me considéra d'un regard oblique comme si elle se fût dit : — Ah! c'est comme ça qu'on joue de toi, mon bon; eh bien! nous allons voir.

«En amour, monsieur, nous sommes toujours des naïfs, et les femmes des commerçantes.

«J'aurais pu la posséder, sans doute; j'ai compris plus tard ma sottise, mais ce que je cherchais, moi, ce n'était pas un corps; c'était de la tendresse, de l'idéal. J'ai fait du sentiment quand j'aurais dû mieux employer mon temps.

«Dès qu'elle en eut assez de mes déclarations, elle se leva; et nous revînmes à Saint-Cloud. Je ne la quittai qu'à Paris. Elle avait l'air si triste depuis notre retour que je l'interrogeai. Elle répondit : — «Je pense que voilà «des journées comme on n'en a pas beaucoup «dans sa vie.» — Mon cœur battait à me défoncer la poitrine.

«Je la revis le dimanche suivant, et encore le dimanche d'après, et tous les autres dimanches. Je l'emmenai à Bougival, Saint-Germain, Maisons-Laffitte, Poissy; partout où se déroulent les amours de banlieue.

«La petite coquine, à son tour, me «la fai-«sait à la passion».

«Je perdis enfin tout à fait la tête, et, trois mois après, je l'épousai.

«Que voulez-vous, monsieur, on est employé, seul, sans famille, sans conseils! On se dit que la vie serait douce avec une femme! Et on l'épouse, cette femme!

«Alors elle vous injurie du matin au soir, ne comprend rien, ne sait rien, jacasse sans fin, chante à tue-tête la chanson de Musette (oh! la chanson de Musette, quelle scie!), se bat avec le charbonnier, raconte à la concierge les intimités de son ménage, confie à la bonne

du voisin tous les secrets de l'alcôve, débine
son mari chez les fournisseurs, et a la tête
farcie d'histoires si stupides, de croyances si
idiotes, d'opinions si grotesques, de préjugés
si prodigieux, que je pleure de décourage-
ment, monsieur, toutes les fois que je cause
avec elle. »

Il se tut, un peu essoufflé et très ému. Je
le regardais, pris de pitié pour ce pauvre
diable naïf, et j'allais lui répondre quelque
chose, quand le bateau s'arrêta. On arrivait
à Saint-Cloud.

La petite femme qui m'avait troublé se
leva pour descendre. Elle passa près de moi
en me jetant un coup d'œil de côté avec un
sourire furtif, un de ces sourires qui vous af-
folent; puis elle sauta sur le ponton.

Je m'élançai pour la suivre, mais mon voisin me saisit par la manche. Je me dégageai
d'un mouvement brusque; il m'empoigna par
les pans de ma redingote, et il me tirait en
arrière en répétant : — « Vous n'irez pas! vous
n'irez pas! » d'une voix si haute, que tout
le monde se retourna.

Un rire courut autour de nous, et je demeurai immobile, furieux, mais sans audace
devant le ridicule et le scandale.

Et le bateau repartit.

La petite femme restée sur le ponton, me

regardait m'éloigner d'un air désappointé,
tandis que mon persécuteur me soufflait dans
l'oreille en se frottant les mains :

— Je vous ai rendu là un rude service,
allez.

LES TOMBALES

LES TOMBALES.

Les cinq amis achevaient de dîner, cinq hommes du monde, mûrs, riches, trois mariés, deux restés garçons. Ils se réunissaient ainsi tous les mois, en souvenir de leur jeunesse, et, après avoir dîné, ils causaient jusqu'à deux heures du matin. Restés amis intimes, et se plaisant ensemble, ils trouvaient peut-être là leurs meilleurs soirs dans la vie. On bavardait sur tout, sur tout ce qui occupe et amuse les Parisiens; c'était entre eux, comme dans la plupart des salons d'ailleurs, une espèce de recommencement parlé de la lecture des journaux du matin.

Un des plus gais était Joseph de Bardon, célibataire et vivant la vie parisienne de la façon la plus complète et la plus fantaisiste. Ce n'était point un débauché ni un dépravé, mais un curieux, un joyeux encore jeune; car il avait à peine quarante ans. Homme du monde dans le sens le plus large et le plus bienveillant que puisse mériter ce mot, doué de beaucoup d'esprit sans grande profondeur, d'un savoir varié sans érudition vraie, d'une compréhension agile sans pénétration sérieuse, il tirait de ses observations, de ses aventures, de tout ce qu'il voyait, rencontrait et trouvait, des anecdotes de roman comique et philosophique en même temps, et des remarques humoristiques qui lui faisaient par la ville une grande réputation d'intelligence.

C'était l'orateur du dîner. Il avait la sienne, chaque fois, son histoire, sur laquelle on comptait. Il se mit à la dire sans qu'on l'en eût prié.

Fumant, les coudes sur la table, un verre de fine champagne à moitié plein devant son assiette, engourdi dans une atmosphère de tabac aromatisée par le café chaud, il semblait chez lui tout à fait, comme certains êtres sont chez eux absolument, en certains lieux et en certains moments, comme une dévote dans une chapelle, comme un poisson rouge dans son bocal.

Il dit, entre deux bouffées de fumée :

— Il m'est arrivé une singulière aventure il y a quelque temps.

Toutes les bouches demandèrent presque ensemble : « Racontez ».

Il reprit :

— Volontiers. Vous savez que je me promène beaucoup dans Paris, comme les bibelotiers qui fouillent les vitrines. Moi je guette les spectacles, les gens, tout ce qui passe, et tout ce qui se passe.

Or, vers la mi-septembre, il faisait très beau temps à ce moment-là, je sortis de chez moi, une après-midi, sans savoir où j'irais. On a toujours un vague désir de faire une visite à une jolie femme quelconque. On choisit dans sa galerie, on les compare dans sa pensée, on pèse l'intérêt qu'elles vous inspirent, le charme qu'elles vous imposent et on se décide enfin suivant l'attraction du jour. Mais quand le soleil est très beau et l'air tiède, ils vous enlèvent souvent toute envie de visites.

Le soleil était beau, et l'air tiède; j'allumai un cigare et je m'en allai tout bêtement sur le boulevard extérieur. Puis comme je flânais, l'idée me vint de pousser jusqu'au cimetière Montmartre et d'y entrer.

J'aime beaucoup les cimetières, moi, ça me repose et me mélancolise : j'en ai besoin. Et puis, il y a aussi de bons amis là dedans, de ceux qu'on ne va plus voir; et j'y vais encore, moi, de temps en temps.

Justement, dans ce cimetière Montmartre, j'ai une histoire de cœur, une maîtresse qui m'avait beaucoup pincé, très ému, une charmante petite femme dont le souvenir, en même temps qu'il me peine enormément, me donne des regrets... des regrets de toute nature... Et je vais rêver sur sa tombe... C'est fini pour elle.

Et puis, j'aime aussi les cimetières, parce que ce sont des villes monstrueuses, prodigieusement habitées. Songez donc à ce qu'il y a de morts dans ce petit espace, à toutes les générations de Parisiens qui sont logés là, pour toujours, troglodytes définitifs enfermés dans leurs petits caveaux, dans leurs petits trous couverts d'une pierre ou marqués d'une croix, tandis que les vivants occupent tant de place et font tant de bruit, ces imbéciles.

Puis encore, dans les cimetières, il y a des monuments presque aussi intéressants que dans les musées. Le tombeau de Cavaignac m'a fait songer, je l'avoue, sans le comparer, à ce chef-d'œuvre de Jean Goujon : le corps de Louis de Brézé, couché dans la chapelle souterraine de la cathédrale de Rouen; tout l'art dit moderne et réaliste est venu de là, messieurs. Ce mort, Louis de Brézé, est plus vrai, plus terrible, plus fait de chair inanimée, convulsée encore par l'agonie, que tous les

cadavres tourmentés qu'on tortionne aujour-
d'hui sur les tombes.

Mais au cimetière Montmartre on peut encore admirer le monument de Baudin, qui
a de la grandeur; celui de Gautier, celui de
Mürger, où j'ai vu l'autre jour une seule
pauvre couronne d'immortelles jaunes, ap-
portée par qui? par la dernière grisette, très
vieille, et concierge aux environs, peut-être?
C'est une jolie statuette de Millet, mais que
détruisent l'abandon et la saleté. Chante la
jeunesse, ô Mürger!

Me voici donc entrant dans le cimetière
Montmartre, et tout à coup imprégné de tristesse, d'une tristesse qui ne faisait pas trop
de mal, d'ailleurs, une de ces tristesses qui
vous font penser, quand on se porte bien :
« Ça n'est pas drôle, cet endroit-là, mais
le moment n'en est pas encore venu pour
moi... ».

L'impression de l'automne, de cette humi-
dité tiède qui sent la mort des feuilles et le
soleil affaibli, fatigué, anémique, aggravait
en la poétisant la sensation de solitude et de
fin définitive flottant sur ce lieu, qui sent la
mort des hommes.

Je m'en allais à petits pas dans ces rues
de tombes, où les voisins ne voisinent point,
ne couchent plus ensemble et ne lisent pas de

journaux. Et je me mis, moi, à lire les épi-
taphes. Ça, par exemple, c'est la chose la
plus amusante du monde. Jamais Labiche,
jamais Meilhac ne m'ont fait rire comme le
comique de la prose tombale. Ah! quels livres
supérieurs à ceux de Paul de Kock pour
ouvrir la rate que ces plaques de marbre et
ces croix où les parents des morts ont épanché
leurs regrets, leurs vœux pour le bonheur du
disparu dans l'autre monde, et leur espoir de
le rejoindre — blagueurs!

Mais j'adore surtout, dans ce cimetière,
la partie abandonnée, solitaire, pleine de
grands ifs et de cyprès, vieux quartier des
anciens morts qui redeviendra bientôt un
quartier neuf, dont on abattra les arbres verts,
nourris de cadavres humains, pour aligner
les récents trépassés sous de petites galettes
de marbre.

Quand j'eus erré là le temps de me rafraîchir l'esprit, je compris que j'allais m'ennuyer
et qu'il fallait porter au dernier lit de ma
petite amie l'hommage fidèle de mon souvenir. J'avais le cœur un peu serré en arrivant près de sa tombe. Pauvre chère, elle
était si gentille, et si amoureuse, et si blanche,
et si fraîche... et maintenant... si on ouvrait
ça...

Penché sur la grille de fer, je lui dis tout

bas ma peine, qu'elle n'entendit point sans
doute, et j'allais partir quand je vis une femme
en noir, en grand deuil, qui s'agenouillait sur
le tombeau voisin. Son voile de crêpe relevé
laissait apercevoir une jolie tête blonde, dont
les cheveux en bandeaux semblaient éclairés
par une lumière d'aurore sous la nuit de sa
coiffure. Je restai.

Certes, elle devait souffrir d'une profonde
douleur. Elle avait enfoui son regard dans
ses mains, et rigide, en une méditation de
statue, partie en ses regrets, égrenant dans
l'ombre des yeux cachés et fermés le chapelet
torturant des souvenirs, elle semblait elle-
même être une morte qui penserait à un
mort. Puis tout à coup je devinai qu'elle allait
pleurer, je le devinai à un petit mouvement
du dos pareil à un frisson de vent dans un
saule. Elle pleura doucement d'abord, puis
plus fort, avec des mouvements rapides du
cou et des épaules. Soudain elle découvrit
ses yeux. Ils étaient pleins de larmes et char-
mants, des yeux de folle qu'elle promena
autour d'elle, en une sorte de réveil de cau-
chemar. Elle me vit la regarder, parut honteuse et se cacha encore toute la figure dans
ses mains. Alors ses sanglots devinrent convulsifs, et sa tête lentement se pencha vers le
marbre. Elle y posa son front, et son voile se

répandant autour d'elle couvrit les angles blancs de la sépulture aimée, comme un deuil nouveau. Je l'entendis gémir, puis elle s'affaissa, sa joue sur la dalle, et demeura immobile, sans connaissance.

Je me précipitai vers elle, je lui frappai dans les mains, je soufflai sur ses paupières, tout en lisant l'épitaphe très simple : « Ici repose Louis-Théodore Carrel, capitaine d'infanterie de marine, tué par l'ennemi, au Tonkin. Priez pour lui. »

Cette mort remontait à quelques mois. Je fus attendri jusqu'aux larmes, et je redoublai mes soins. Ils réussirent; elle revint à elle. J'avais l'air très ému — je ne suis pas trop mal, je n'ai pas quarante ans. — Je compris à son premier regard qu'elle serait polie et reconnaissante. Elle le fut, avec d'autres larmes, et son histoire contée, sortie par fragments de sa poitrine haletante, la mort de l'officier tombé au Tonkin, au bout d'un an de mariage, après l'avoir épousée par amour, car, orpheline de père et de mère, elle avait tout juste la dot réglementaire.

Je la consolai, je la réconfortai, je la soulevai, je la relevai. Puis je lui dis :

— Ne restez pas ici. Venez.

Elle murmura :

— Je suis incapable de marcher.

— Je vais vous soutenir.

— Merci, monsieur, vous êtes bon. Vous veniez également ici pleurer un mort ?

— Oui madame.

— Une morte ?

— Oui, madame.

— Votre femme ?

— Une amie.

— On peut aimer une amie autant que sa femme, la passion n'a pas de loi.

— Oui, madame.

Et nous voilà partis ensemble, elle appuyée sur moi, moi la portant presque par les chemins du cimetière. Quand nous en fûmes sortis, elle murmura, défaillante :

— Je crois que je vais me trouver mal.

— Voulez-vous entrer quelque part, prendre quelque chose ?

— Oui, monsieur.

J'aperçus un restaurant, un de ces restaurants où les amis des morts vont fêter la corvée finie. Nous y entrâmes. Et je lui fis boire une tasse de thé bien chaud qui parut la ranimer. Un vague sourire lui vint aux lèvres. Et elle me parla d'elle. C'était si triste, si triste d'être toute seule dans la vie, toute seule chez soi, nuit et jour, de n'avoir plus personne à qui donner de l'affection, de la confiance, de l'intimité.

Cela avait l'air sincère. C'était gentil dans sa bouche. Je m'attendrissais. Elle était fort jeune, vingt ans peut-être. Je lui fis des compliments qu'elle accepta fort bien. Puis, comme l'heure passait, je lui proposai de la reconduire chez elle avec une voiture. Elle accepta; et, dans le fiacre, nous restâmes tellement l'un contre l'autre, épaule contre épaule, que nos chaleurs se mêlaient à travers les vêtements, ce qui est bien la chose la plus troublante du monde.

Quand la voiture fut arrêtée à sa maison, elle murmura : « Je me sens incapable de monter seule mon escalier, car je demeure au quatrième. Vous avez été si bon, voulez-vous encore me donner le bras jusqu'à mon logis ? »

Je m'empressai d'accepter. Elle monta lentement, en soufflant beaucoup. Puis, devant sa porte, elle ajouta :

— Entrez donc quelques instants pour que je puisse vous remercier.

Et j'entrai, parbleu.

C'était modeste, même un peu pauvre, mais simple et bien arrangé, chez elle.

Nous nous assîmes côte à côte sur un petit canapé, et elle me parla de nouveau de sa solitude.

Elle sonna sa bonne, afin de m'offrir quelque chose à boire. La bonne ne vint pas. J'en fus ravi en supposant que cette bonne-là ne devait être que du matin : ce qu'on appelle une femme de ménage.

Elle avait ôté son chapeau. Elle était vraiment gentille avec ses yeux clairs fixés sur moi, si bien fixés, si clairs que j'eus une tentation terrible et j'y cédai. Je la saisis dans mes bras, et sur ses paupières qui se fermèrent soudain, je mis des baisers... des baisers... des baisers... tant et plus.

Elle se débattait en me repoussant et répétant : « Finissez... finissez... finissez donc. »

Quel sens donnait-elle à ce mot ? En des cas pareils, « finir » peut en avoir au moins deux. Pour la faire taire je passai des yeux à la bouche, et je donnai au mot « finir » la conclusion que je préférais. Elle ne résista pas trop, et quand nous nous regardâmes de nouveau, après cet outrage à la mémoire du capitaine tué au Tonkin, elle avait un air alangui, attendri, résigné, qui dissipa mes inquiétudes.

Alors je fus galant, empressé et reconnaissant. Et après une nouvelle causerie d'une heure environ, je lui demandai :

— Où dînez-vous ?

— Dans un petit restaurant des environs.

— Toute seule ?

— Mais oui.

— Voulez-vous dîner avec moi?

— Où ça?

— Dans un bon restaurant du boulevard.

Elle résista un peu. J'insistai : elle céda, en se donnant à elle-même cet argument : « Je m'ennuie tant... tant, » puis elle ajouta : « Il faut que je passe une robe un peu moins sombre. »

Et elle entra dans sa chambre à coucher.

Quand elle en sortit, elle était en demi-deuil, charmante, fine et mince, dans une toilette grise et fort simple. Elle avait évidemment tenue de cimetière et tenue de ville.

Le dîner fut très cordial. Elle but du champagne, s'alluma, s'anima et je rentrai chez elle, avec elle.

Cette liaison nouée sur les tombes dura trois semaines environ. Mais on se fatigue de tout, et principalement des femmes. Je la quittai sous prétexte d'un voyage indispensable. J'eus un départ très généreux, dont elle me remercia beaucoup. Et elle me fit promettre, elle me fit jurer de revenir après mon retour, car elle semblait vraiment un peu attachée à moi.

Je courus à d'autres tendresses, et un mois environ se passa sans que la pensée de revoir cette petite amoureuse funéraire fût assez forte pour que j'y cédasse. Cependant je ne l'oubliais point... Son souvenir me hantait comme un mystère, comme un problème de psychologie, comme une de ces questions inexplicables dont la solution nous harcèle.

Je ne sais pourquoi, un jour, je m'imaginai que je la retrouverais au cimetière Montmartre, et j'y allai.

Je m'y promenai longtemps sans rencontrer d'autres personnes que les visiteurs ordinaires de ce lieu, ceux qui n'ont pas encore rompu toutes relations avec leurs morts. La tombe du capitaine tué au Tonkin n'avait pas de pleureuse sur son marbre, ni de fleurs, ni de couronnes.

Mais comme je m'égarai dans un autre quartier de cette grande ville de trépassés, j'aperçus tout à coup, au bout d'une étroite avenue de croix, venant vers moi, un couple en grand deuil, l'homme et la femme. O stupeur! quand ils s'approchèrent, je la reconnus. C'était elle!

Elle me vit, rougit, et, comme je la frôlais en la croisant, elle me fit un tout petit signe, un tout petit coup d'œil qui signifiaient : « Ne me reconnaissez pas, » mais qui semblaient dire aussi : « Revenez me voir mon chéri. »

L'homme était bien, distingué, chic, officier de la Légion d'honneur, âgé d'environ cinquante ans.

Et il la soutenait, comme je l'avais soutenue moi-même en quittant le cimetière.

Je m'en allai stupéfait, me demandant ce que je venais de voir, à quelle race d'êtres appartenait cette sépulcrale chasseresse. Était-ce une simple fille, une prostituée inspirée qui allait cueillir sur les tombes les hommes tristes, hantés par une femme, épouse ou maîtresse, et troublés encore du souvenir des caresses disparues. Était-elle unique? Sont-elles plusieurs? Est-ce une profession? Fait-on le cimetière comme on fait le trottoir? Les Tombales! Ou bien avait-elle eu seule cette idée admirable, d'une philosophie profonde d'exploiter les regrets d'amour qu'on ranime en ces lieux funèbres?

Et j'aurais bien voulu savoir de qui elle était veuve, ce jour-là?

MA FEMME

MA FEMME.

C'ÉTAIT à la fin d'un dîner d'hommes, d'hommes mariés, anciens amis, qui se réunissaient quelquefois sans leurs femmes, en garçons, comme jadis. On mangeait longtemps, on buvait beaucoup; on parlait de tout, on remuait des souvenirs vieux et joyeux, ces souvenirs chauds qui font, malgré soi, sourire les lèvres et frémir le cœur. On disait :

— Te rappelles-tu, Georges, notre excursion à Saint-Germain avec ces deux fillettes de Montmartre?

— Parbleu! si je me le rappelle.

Et on retrouvait des détails, et ceci et cela, mille petites choses, qui faisaient plaisir encore aujourd'hui.

On vint à parler du mariage, et chacun

dit avec un air sincère : « Oh! si c'était à recommencer!...» Georges Duportin ajouta :
« C'est extraordinaire comme on tombe là
dedans facilement. On était bien décidé à ne
jamais prendre femme; et puis, au printemps
on part pour la campagne; il fait chaud; l'été
se présente bien; l'herbe est fleurie; on rencontre une jeune fille chez des amis... v'lan!
c'est fait. On revient marié. »

Pierre Létoile s'écria : « Juste! c'est mon
histoire, seulement j'ai des détails particuliers...»

Son ami l'interrompit : « Quant à toi ne te
plains pas. Tu as bien la plus charmante
femme du monde, jolie, aimable, parfaite;
tu es, certes, le plus heureux de nous. »

L'autre reprit :

— Ce n'est pas ma faute.

— Comment ça?

— C'est vrai que j'ai une femme parfaite;
mais je l'ai bien épousée malgré moi.

— Allons donc!

— Oui... Voici l'aventure. J'avais trente-
cinq ans, et je ne pensais pas plus à me ma-
rier qu'à me pendre. Les jeunes filles me
semblaient insipides et j'adorais le plaisir.

Je fus invité, au mois de mai, à la noce de
mon cousin Simon d'Erabel, en Normandie.
Ce fut une vraie noce normande. On se mit

à table à cinq heures du soir; à onze heures
on mangeait encore. On m'avait accouplé,
pour la circonstance, avec une demoiselle
Dumoulin, fille d'un colonel en retraite, jeune
personne blonde et militaire, bien en forme,
hardie et verbeuse. Elle m'accapara complètement pendant toute la journée, m'entraîna
dans le parc, me fit danser bon gré mal gré,
m'assomma.

Je me disais : « Passe pour aujourd'hui,
mais demain je file. Ça suffit. »

Vers onze heures du soir les femmes se
retirèrent dans leurs chambres; les hommes
restèrent à fumer en buvant, ou à boire en
fumant, si vous aimez mieux.

Par la fenêtre ouverte on apercevait le bal
champêtre. Rustres et rustaudes sautaient en
rond, en hurlant un air de danse sauvage
qu'accompagnaient faiblement deux violo-
nistes et une clarinette placés sur une grande
table de cuisine en estrade. Le chant tumultueux des paysans couvrait entièrement parfois la chanson des instruments; et la frêle
musique, déchirée par les voix déchaînées,
semblait tomber du ciel en lambeaux, en
petits fragments de notes éparpillées.

Deux grandes barriques, entourées de tor-
ches flambantes, versaient à boire à la foule.
Deux hommes étaient occupés à rincer les

verres ou les bols dans un baquet pour
les tendre immédiatement sous les robinets
d'où coulaient le filet rouge du vin ou le filet
d'or du cidre pur; et les danseurs assoiffés, les
vieux tranquilles, les filles en sueur se pres-
saient, tendaient les bras pour saisir à leur
tour un vase quelconque et se verser à grands
flots dans la gorge, en renversant la tête, le
liquide qu'ils préféraient. Sur une table on
trouvait du pain, du beurre, des fromages
et des saucisses. Chacun avalait une bouchée
de temps à autre; et sous le champ de feu
des étoiles, cette fête saine et violente faisait
plaisir à voir, donnait envie de boire aussi
au ventre de ces grosses futailles et de manger du pain ferme avec du beurre et un oi-
gnon cru.

Un désir fou me saisit de prendre part à
ces réjouissances, et j'abandonnai mes compagnons.

J'étais peut-être un peu gris, je dois l'avouer;
mais je le fus bientôt tout à fait.

J'avais saisi la main d'une forte paysanne
essoufflée, et je la fis sauter éperdument jusqu'à la limite de mon haleine.

Et puis je bus un coup de vin et je saisis
une autre gaillarde. Pour me rafraîchir ensuite, j'avalai un plein bol de cidre et je me
remis à bondir comme un possédé.

J'étais souple; les gars, ravis, me contemplaient en cherchant à m'imiter; les filles voulaient toutes danser avec moi et sautaient lourdement avec des élégances de vaches.

Enfin, de ronde en ronde, de verre de vin en verre de cidre, je me trouvai, vers deux heures du matin, pochard à ne plus tenir debout.

J'eus conscience de mon état et je voulus gagner ma chambre. Le château dormait, silencieux et sombre.

Je n'avais pas d'allumettes et tout le monde était couché. Dès que je fus dans le vestibule, des étourdissements me prirent; j'eus beaucoup de mal à trouver la rampe; enfin, je la rencontrai par hasard, à tâtons, et je m'assis sur la première marche de l'escalier pour tâcher de classer un peu mes idées.

Ma chambre se trouvait au second étage, la troisième porte à gauche. C'était heureux que je n'eusse pas oublié cela. Fort de ce souvenir, je me relevai, non sans peine, et je commençai l'ascension, marche à marche, les mains soudées aux barreaux de fer pour ne point choir, avec l'idée fixe de ne pas faire de bruit.

Trois ou quatre fois seulement mon pied manqua les degrés et je m'abattis sur les genoux; mais, grâce à l'énergie de mes bras et

à la tension de ma volonté, j'évitai une dé-
gringolade complète.

Enfin, j'atteignis le second étage et je
m'aventurai dans le corridor, en tâtant les mu-
railles. Voici une porte; je comptais: «Une»;
mais un vertige subit me détacha du mur et
me fit accomplir un circuit singulier qui me
jeta sur l'autre cloison. Je voulus revenir en
ligne droite. La traversée fut longue et pénible. Enfin je rencontrai la côte que je me
mis à longer de nouveau avec prudence et je
trouvai une autre porte. Pour être sûr de ne
pas me tromper, je comptai encore tout haut:
«Deux»; et je me remis en marche. Je finis
par trouver la troisième. Je dis : «Trois, c'est
moi» et je tournai la clef dans la serrure. La
porte s'ouvrit. Je pensai, malgré mon trouble:
«Puisque ça s'ouvre c'est bien chez moi.» Et
je m'avançai dans l'ombre après avoir refermé
doucement.

Je heurtai quelque chose de mou : ma
chaise longue. Je m'étendis aussitôt dessus.

Dans ma situation, je ne devais pas m'ob-
stiner à chercher ma table de nuit, mon bougeoir, mes allumettes. J'en aurais eu pour
deux heures au moins. Il m'aurait fallu autant
de temps pour me dévêtir; et peut-être n'y
serais-je pas parvenu. J'y renonçai.

J'enlevai seulement mes bottines; je débou-

tonnai mon gilet qui m'étranglait, je desserrai
mon pantalon, et je m'endormis d'un invin-
cible sommeil.

Cela dura longtemps, sans doute. Je fus
brusquement réveillé par une voix vibrante
qui disait, tout près de moi : «Comment, pa-
resseuse, encore couchée? Il est dix heures,
sais-tu?

Une voix de femme répondit : «Déjà!
J'étais si fatiguée d'hier.»

Je me demandais avec stupéfaction ce que
voulait dire ce dialogue.

Où étais-je? Qu'avais-je fait?

Mon esprit flottait, encore enveloppé d'un
nuage épais.

La première voix reprit : «Je vais ouvrir tes
rideaux.»

Et j'entendis des pas qui s'approchaient de
moi. Je m'assis tout à fait éperdu. Alors une
main se posa sur ma tête. Je fis un brusque
mouvement. La voix demanda avec force :
«Qui est là?» Je me gardai bien de répondre. Deux poignets furieux me saisirent.
A mon tour j'enlaçai quelqu'un et une lutte
effroyable commença. Nous nous roulions,
renversant les meubles, heurtant les murs.

La voix de femme criait effroyablement :
«Au secours, au secours!»

Des domestiques accoururent, des voisins,

des dames affolées. On ouvrit les volets, on tira les rideaux. Je me colletais avec le colonel Dumoulin !

J'avais dormi auprès du lit de sa fille.

Quand on nous eut séparés, je m'enfuis dans ma chambre, abruti d'étonnement. Je m'enfermai à clef et je m'assis, les pieds sur une chaise, car mes bottines étaient demeurées chez la jeune personne.

J'entendais une grande rumeur dans tout le château, des portes ouvertes et fermées, des chuchotements, des pas rapides.

Au bout d'une demi-heure on frappa chez moi. Je criai : « Qui est là ? » C'était mon oncle, le père du marié de la veille. J'ouvris.

Il était pâle et furieux et il me traita durement : « Tu t'es conduit chez moi comme un manant, entends-tu ? » Puis il ajouta d'un ton plus doux : « Comment, bougre d'imbécile, tu te laisses surprendre à dix heures du matin ! Tu vas t'endormir comme une bûche dans cette chambre au lieu de t'en aller aussitôt… aussitôt après. »

Je m'écriai : « Mais mon oncle, je vous assure qu'il ne s'est rien passé… Je me suis trompé de porte, étant gris. »

Il haussa les épaules : « Allons ne dis pas de bêtises. » Je levai la main : « Je vous le jure sur mon honneur.» Mon oncle reprit : «Oui, c'est bien. C'est ton devoir de dire cela.»

A mon tour, je me fâchai, et je lui racontai toute ma mésaventure. Il me regardait avec des yeux ébahis, ne sachant pas ce qu'il devait croire.

Puis il sortit conférer avec le colonel.

J'appris qu'on avait formé aussi une espèce de tribunal de mères, auquel étaient soumises les différentes phases de la situation.

Il revint une heure plus tard, s'assit avec des allures de juge, et commença : «Quoi qu'il en soit, je ne vois pour toi qu'un moyen de te tirer d'affaires, c'est d'épouser Mlle Dumoulin.»

Je fis un bond d'épouvante :

— Quant à ça, jamais par exemple !

Il demanda gravement : «Que comptes-tu donc faire ?»

Je répondis avec simplicité : «Mais... m'en aller, quand on m'aura rendu mes bottines.»

Mon oncle reprit : «Ne plaisantons pas, s'il te plaît. Le colonel est résolu à te brûler la cervelle dès qu'il t'apercevra. Et tu peux être sûr qu'il ne menace pas en vain. J'ai parlé d'un duel, il a répondu : «Non, je «vous dis que je lui brûlerai la cervelle.»

«Examinons maintenant la question à un autre point de vue.

«Ou bien tu as séduit cette enfant et, alors,

c'est tant pis pour toi, mon garçon, on ne s'adresse pas aux jeunes filles.

« Ou bien tu t'es trompé étant gris, comme tu le dis. Alors c'est encore tant pis pour toi. On ne se met pas dans des situations aussi sottes. De toute façon, la pauvre fille est perdue de réputation, car on ne croira jamais à des explications d'ivrogne. La vraie victime, la seule victime là dedans, c'est elle. Réfléchis. »

Et il s'en alla pendant que je lui criais dans le dos : — « Dites tout ce que vous voudrez. Je n'épouserai pas. »

Je restai seul encore une heure.

Ce fut ma tante qui vint à son tour. Elle pleurait. Elle usa de tous les raisonnements. Personne ne croyait à mon erreur. On ne pouvait admettre que cette jeune fille eût oublié de fermer sa porte à clef dans une maison pleine de monde. Le colonel l'avait frappée. Elle sanglotait depuis le matin. C'était un scandale terrible, ineffaçable.

Et ma bonne tante ajoutait : « Demande-la toujours en mariage; on trouvera peut-être moyen de te tirer d'affaires en discutant les conditions du contrat. »

Cette perspective me soulagea. Et je consentis à écrire ma demande. Une heure après je repartais pour Paris.

Je fus avisé le lendemain que ma demande
était agréée.

Alors, en trois semaines, sans que j'aie pu
trouver une ruse, une défaite, les bans furent
publiés, les lettres de faire part envoyées, le
contrat signé, et je me trouvai, un lundi matin,
dans le chœur d'une église illuminée, à côté
d'une jeune fille qui pleurait, après avoir dé-
claré au maire que je consentais à la prendre
pour compagne... jusqu'à la mort de l'un ou
de l'autre.

Je ne l'avais pas revue, et je la regardais
de côté avec un certain étonnement malveil-
lant. Cependant, elle n'était pas laide, mais
pas du tout. Je me disais : « En voilà une qui
ne rira pas tous les jours. »

Elle ne me regarda point une fois jusqu'au
soir, et ne me dit pas un mot.

Vers le milieu de la nuit, j'entrai dans la
chambre nuptiale avec l'intention de lui faire
connaître mes résolutions, car j'étais le maître
maintenant.

Je la trouvai, assise dans un fauteuil, vêtue
comme dans le jour, avec les yeux rouges
et le teint pâle. Elle se leva dès que j'entrai et
vint à moi gravement :

« Monsieur, me dit-elle, je suis prête à faire
ce que vous ordonnerez. Je me tuerai si vous
le désirez. »

18.

Elle était jolie comme tout dans ce rôle héroïque, la fille du colonel. Je l'embrassai, c'était mon droit.

Et je m'aperçus bientôt que je n'étais pas volé.

Voilà cinq ans que je suis marié. Je ne le regrette nullement encore.

Pierre Létoile se tut. Ses compagnons riaient. L'un d'eux dit : « Le mariage est une loterie; il ne faut jamais choisir les numéros, ceux de hasard sont les meilleurs. »

Et un autre ajouta pour conclure : « Oui, mais n'oubliez pas que le dieu des ivrognes avait choisi pour Pierre. »

MAUFRIGNEUSE.

Ma Femme a paru dans le *Gil Blas* du 5 décembre 1882.

LES CONSEILS

D'UNE GRAND'MÈRE

LES CONSEILS
D'UNE GRAND'MÈRE.

L e château, de style ancien, est sur une colline boisée; de grands arbres l'entourent d'une verdure sombre, et le parc infini étend ses perspectives tantôt sur des profondeurs de forêt, tantôt sur les pays environnants. A quelques mètres de la façade se creuse un bassin de pierre où se baignent des dames de marbre, d'autres bassins étagés se succèdent jusqu'au pied du coteau, et une source emprisonnée fait des cascades de l'un à l'autre. Du manoir, qui fait des grâces comme une coquette surannée, jusqu'aux grottes incrustées de coquillages, où sommeillent des Amours d'un autre siècle, tout en ce domaine antique a gardé la physionomie des vieux âges; tout semble parler encore des coutumes anciennes, des mœurs d'autrefois, des galanteries passées et des élégances légères où s'exerçaient nos aïeules.

Dans un petit salon Louis XV, dont les murs sont couverts de bergers marivaudant avec des bergères, de belles dames en panier et des messieurs galants et frisés, une toute vieille femme qui semble morte aussitôt qu'elle ne remue plus, est presque couchée dans un grand fauteuil et laisse pendre de chaque côté ses mains osseuses de momie. Son regard voilé regarde au loin la campagne comme pour suivre à travers le parc des visions de sa jeunesse.

Un souffle d'air, parfois, arrive par la fenêtre ouverte, apporte des senteurs d'herbe et des parfums de fleurs; il fait voltiger ses cheveux blancs autour de son front ridé et des souvenirs vieux dans son cœur.

A ses côtés, sur un tabouret de velours, une jeune fille, aux longs cheveux blonds tressés sur le dos, brode un ornement d'autel.

Elle a des yeux rêveurs, et, pendant que travaillent ses doigts agiles, on voit qu'elle songe.

Mais l'aïeule a tourné la tête.

— Berthe, dit-elle, lis-moi donc un peu les gazettes, afin que je sache encore quelquefois ce qui se passe en ce monde. La jeune fille prit un journal et le parcourut du regard :

— Il y a beaucoup de politique, grand'-mère ; faut-il passer ?

— Oui, oui, mignonne. N'y a-t-il pas d'histoires d'amour ? La galanterie est donc morte en France, qu'on ne parle plus d'enlèvements, ni de combats pour les dames, ni d'aventures comme autrefois !

La jeune fille chercha longtemps.

— Voilà, dit-elle. C'est intitulé : « Drame d'amour. »

La vieille femme sourit dans ses rides.

— Lis-moi cela, dit-elle.

Et Berthe commença.

C'était une histoire de vitriol. Une dame, pour se venger de la maîtresse de son mari, lui avait brûlé les deux yeux. Elle était sortie des assises acquittée, innocentée, félicitée, aux applaudissements de la foule.

L'aïeule s'agitait sur son siège et répétait :

— C'est affreux, mais c'est affreux, cela ! Trouve-moi donc autre chose, mignonne.

Berthe chercha ; et plus loin, toujours aux tribunaux, se mit à lire : « Sombre drame. » Une jeune fille de vertu trop mûre s'était laissée choir tout à coup entre les bras d'un jeune homme, et, pour se venger de son amant dont le cœur était volage et la rente insuffisante, lui avait tiré à bout portant quatre coups de revolver.

Deux balles étaient demeurées dans la poitrine, une dans l'épaule, l'autre dans la hanche. Le monsieur resterait estropié toute sa vie. La jeune fille avait été acquittée aux applaudissements de la foule, et le journal maltraitait fort ce séducteur de vierges faciles.

Cette fois la vieille grand'mère se révolta tout à fait, et, la voix tremblante :

— Mais vous êtes donc fous aujourd'hui, vous êtes fous. Le bon Dieu vous a donné l'amour, la seule séduction de la vie; l'homme y a mêlé la galanterie, la seule distraction de nos heures, et voilà que vous y mettez du vitriol et du revolver, comme on mettrait de la boue dans un flacon de vin d'Espagne!

Berthe ne paraissait pas comprendre l'indignation de son aïeule.

— Mais, grand'mère, cette femme s'est vengée. Songe donc, elle était mariée, et son mari la trompait.

La grand'mère eut un soubresaut.

— Quelles idées vous donne-t-on, à vous autres, jeunes filles d'aujourd'hui?

Berthe répondit :

— Mais le mariage, c'est sacré, grand'-mère.

L'aïeule tressaillit en son cœur de femme née encore au grand siècle galant.

— C'est l'amour qui est sacré, dit-elle. Écoute, fillette, une vieille qui a vu trois générations et qui en sait long, bien long sur les hommes et sur les femmes. Le mariage et l'amour n'ont rien à voir ensemble. On se marie pour fonder une famille, et on forme une famille pour constituer la société. La société ne peut pas se passer du mariage. Si la société est une chaîne, chaque famille en est un anneau.

Pour souder ces anneaux-là, on cherche toujours les métaux pareils. Quand on se marie, il faut unir les convenances, combiner les fortunes, joindre les races semblables, travailler pour l'intérêt commun qui est la richesse et les enfants. On ne se marie qu'une fois, fillette, et parce que le monde l'exige; mais on peut aimer vingt fois dans sa vie, parce que la nature nous a faits ainsi. Le mariage, c'est une loi, vois-tu, et l'amour, c'est un instinct qui nous pousse tantôt à droite, tantôt à gauche. On a fait des lois qui combattent nos instincts, il le fallait; mais les instincts toujours sont les plus forts, et on a tort de leur résister, puisqu'ils viennent de Dieu, tandis que les lois ne viennent que des hommes.

Si on ne poudrait pas la vie avec de l'amour, le plus d'amour possible, mignonne, comme on met du sucre dans les drogues pour les enfants, personne ne voudrait la prendre telle quelle est.

Berthe, effarée, ouvrait ses grands. yeux; elle murmura :

— Oh ! grand'mère, grand'mère, on ne peut aimer qu'une fois !

L'aïeule leva vers le ciel ses mains tremblantes comme pour invoquer encore le dieu défunt des galanteries.

Elle s'écria, indignée :

— Vous êtes devenus une race de vilains, une race du commun.

Depuis la Révolution, le monde n'est plus reconnaissable. Vous avez mis de grands mots partout; vous croyez à l'égalité et à la passion éternelle. Des gens ont fait des vers pour vous dire qu'on mourait d'amour. De mon temps on faisait des vers pour nous apprendre à aimer beaucoup. Quand un gentilhomme nous plaisait, fillette, on lui envoyait un page. Et quand il nous venait au cœur un nouveau caprice, on congédiait son dernier amant, à moins qu'on ne les gardât tous les deux.

La jeune fille, toute pâle, balbutia :

— Alors les femmes n'avaient pas d'honneur ?

La vieille bondit :

— Pas d'honneur ! parce qu'on aimait, qu'on osait le dire et même s'en vanter ? Mais,

fillette, si une de nous, parmi les plus grandes
dames de France, était demeurée sans amant,
toute la cour en aurait ri. Et vous vous ima-
ginez que vos maris n'aimeront que vous toute
leur vie? Comme si ça se pouvait, vraiment!

Je te dis, moi, que le mariage est une
chose nécessaire pour que la société vive,
mais qu'il n'est pas dans la nature de notre
race, entends-tu bien? Il n'y a dans la vie
qu'une bonne chose, c'est l'amour, et on veut
nous en priver. On vous dit maintenant : « Il
ne faut aimer qu'un homme, » comme si on
voulait me forcer à ne manger toute ma vie
que du dindon. Et cet homme-là aura autant
de maîtresses qu'il y a de mois dans l'année!

Il suivra ses instincts galants, qui le pous-
sent vers toutes les femmes, comme les pa-
pillons vont à toutes les fleurs; et alors, moi,
je sortirai par les rues, avec du vitriol dans
une bouteille, et j'aveuglerai les pauvres filles
qui auront obéi à la volonté de leur instinct!
Ce n'est pas sur lui que je me vengerai, mais
sur elles! Je ferai un monstre. Je ferai un
monstre d'une créature que le bon Dieu a faite
pour plaire, pour aimer et pour être aimée!

Et votre société d'aujourd'hui, votre société
de manants, de bourgeois, de valets parvenus
m'applaudira et m'acquittera. Je te dis que
c'est infâme, que vous ne comprenez pas

l'amour; et je suis contente de mourir plutôt que de voir un monde sans galanteries et des femmes qui ne savent plus aimer.

Vous prenez tout au sérieux à présent; la vengeance des drôlesses qui tuent leurs amants fait verser des larmes de pitié aux douze bourgeois réunis pour sonder les cœurs des criminels. Et voilà votre sagesse, votre raison? Les femmes tirent sur les hommes et se plaignent qu'ils ne sont plus galants!

La jeune fille prit en ses mains tremblantes les mains ridées de la vieille :

— Tais-toi, grand'mère, je t'en supplie. Et à genoux, les larmes aux yeux, elle demandait au ciel une grande passion, une seule passion éternelle, selon le rêve nouveau des poètes romantiques, tandis que l'aïeule la baisant au front, toute pénétrée encore de cette charmante et saine raison dont les philosophes galants emplirent le dix-huitième siècle, murmura :

— Prends garde, pauvre mignonne, si tu crois à des folies pareilles, tu seras bien malheureuse.

GUY DE MAUPASSANT.

Les Conseils d'une grand'mère ont paru dans le *Gaulois* du 13 septembre 1880.

OPINION DE LA PRESSE

SUR

LA MAISON TELLIER.

Le Figaro, 11 juillet 1881 (Émile Zola).

« J'ai connu Maupassant chez Flaubert. C'était vers 1874. Il sortait à peine du collège, personne ne l'avait encore aperçu dans notre coin littéraire. Quand nous arrivions le dimanche, vers 2 heures, au petit appartement de la rue Murillo, ces pièces étroites dont les fenêtres donnaient sur les ombrages du parc Monceau, nous trouvions presque toujours Maupassant installé déjà, ayant parfois déjeuné avec le maître, auquel il venait lire ainsi chaque semaine ses essais, et qui lui faisait retravailler sévèrement les phrases d'une sonorité douteuse. Dès que nous étions là, il s'effaçait modestement, parlait peu, écoutait de l'air intelligent d'un gaillard qui se sent les reins solides et qui prend des notes...

« Maupassant a publié dernièrement un recueil de nouvelles, *La Maison Tellier*... Il s'agit de la propriétaire d'un certain établissement qui emmène 5 femmes à la première communion d'une de ses nièces, dans un village d'un département voisin ; et toute l'étude porte dès lors sur l'échappée de ces filles, sur leur jeunesse qui repousse au milieu des grandes herbes, sur l'attendrissement religieux qui les saisit dans la petite église, au point que leurs sanglots gagnent l'assistance. Rien ne saurait être d'une analyse plus fine, et l'histoire restera comme un document psychologique et physiologique très curieux, avec le retour des femmes, heureuses, rajeunies, embaumées de grand air.

« On dira : « Pourquoi choisir des sujets pareils? ne « peut-on prendre un milieu honnête? » Sans doute, mais je pense que Maupassant a choisi ce sujet parce qu'il y a senti une note très humaine, remuant le fond même de la créature. Ces malheureuses agenouillées dans cette église et sanglotant l'ont tenté comme un bel exemple de l'éducation de jeunesse reparaissant sous les habitudes si abominables qu'elles puissent être. L'écrivain n'a pas eu l'idée de railler la religion; il en a plutôt constaté la puissance.

« Parmi les autres nouvelles qui composent le volume, l'*Histoire d'une fille de ferme* surtout a un début superbe de largeur. Ce qui me ravit dans ces œuvres, c'est leur belle simplicité.

« En somme Maupassant reste, dans son nouveau livre, l'analyste pénétrant, l'écrivain solide de *Boule de Suif.* C'est à coup sûr un des tempéraments les plus équilibrés et les plus sains de notre jeune littérature. »

Gil Blas, 1ᵉʳ juillet 1883 (Théodore de Banville).

« On dévora cette *Maison Tellier,* où vous faites voir les filles telles qu'elles sont, bêtes et sentimentales, sans les relever ou les flétrir, et en ne les traînant pas dans la boue, ni dans les étoiles. »

Écrivains d'aujourd'hui (René Doumic). 1 vol.
3 fr. 50. Perrin, éditeur.

« *L'Histoire d'une fille de ferme, En famille,* dix autres
que nous avons citées, vingt autres que nous pour-
rions citer, donnent cette impression qui est celle
même qu'on cherche à produire en art : c'est l'impression de la plénitude et de la perfection du rendu,
venant de ce que l'idée a été complètement réalisée
et l'effet obtenu justement par les moyens appropriés.
Il n'y a ni de manque ni d'excès, mais rien que justesse, harmonie, équilibre. »

TABLE DES MATIÈRES.